ÜNAL GÜNER

KADERİN KODU

W0469599

DESTEK yayınları

DESTEK MEDYA GRUBU

DESTEK YAYINLARI: 1021
KİŞİSEL GELİŞİM: 173

ÜNAL GÜNER / KADERİN KODU
Her hakkı saklıdır. Bu eserin aynen ya da özet olarak hiçbir bölümü, yayınevinin yazılı izni alınmadan kullanılamaz.

İmtiyaz Sahibi: Yelda Cumalıoğlu
Genel Yayın Yönetmeni: Ertürk Akşun
Yayın Koordinatörü: Özlem Esmergül
Editör: Özlem Esmergül
Son Okuma: Özlem İşbilir
Kapak Tasarım: İlknur Muştu
Sayfa Düzeni: Işıl Ilgıt Şimşek
Sosyal Medya-Grafik: Tuğçe Budak - Mesud Topal

Destek Yayınları: 1. - 3. Baskı Ekim 2018
16. Baskı Şubat 2019
18. Baskı Nisan 2019
20. Baskı Haziran 2019
22. Baskı Eylül 2019
24. Baskı Aralık 2019
26. Baskı Mart 2020
28. Baskı Mayıs 2020
Yayıncı Sertifika No. 13226

ISBN 978-605-311-500-7

© Destek Yayınları
Abdi İpekçi Caddesi No. 31/5 Nişantaşı/İstanbul
Tel. (0) 212 252 22 42
Faks: (0) 212 252 22 43
www.destekdukkan.com
info@destekyayinlari.com
facebook.com/DestekYayinevi
twitter.com/destekyayinlari
instagram.com/destekyayinlari

Deniz Ofset – Nazlı Koçak
Sertifika No. 40200
Maltepe Mahallesi
Hastane Yolu Sokak No. 1/6
Zeytinburnu / İstanbul

DESTEK yayınları KARAKARGA BEYAZ BAYKUŞ genç DESTEK

ÜNAL GÜNER

KADERİN KODU

Sözler, olaylar ve durumların içindeki gizli notalar

DESTEK
yayınları

İÇİNDEKİLER

Başlarken 9
Yazar Hakkında 13
Hayat, hangi dilden konuşur? 17

1. BÖLÜM
HAYATI OKUMAK 25
Sözler, olaylar ve durumların içindeki gizli alfabe 25
Kendini Aynada Seyret 28
Hayatın Ortak Alfabesi 33
İfadeden Okumak 38
Pozitif Enerjinin Yanlış Kullanımı 42
Negatif Enerjinin Yanlış Kullanımı 43
Pozitif Enerjinin Doğru Kullanımı 45
Negatif Enerjinin Doğru Kullanımı 46
Sıklıkla anlatılan anılar ne söyler? 57
Kadersel Anlaşmalar 62
Şakalarla ve Şarkılarla Hayata Davet Edilen Kader 64
Kısırdöngüler 64
Olayları Okumak 65
Ekonomik Olayların İçindeki Mesajlar 69
Duyguları Okumak 75

İfadelerinde Sadeleş, Hayatın İyileşsin 78
Sevgi Mutluluğun Kaynağı,
Yaşamın Var Oluş Kanalıdır 81
İyileştirme çalışması 82
Hayatı Rüyalar Üzerinden Okumak 83

2. BÖLÜM
ZİHNİN REHBERLİĞİ 87
Beyni Doğru Programlayarak
Ruhu Beslemek Mümkün 87

3. BÖLÜM
SEÇİMLERİ OKUMAK 91
Mesleğin seni seçer 91
İlişkileri Okumak 95
Mekânlar Konuşur 96

4. BÖLÜM
DOĞANIN RİTMİ VE AKIŞI 103
Doğanın Akışıyla Bedenini Oku 103
Yapıcı Döngü 106
Yıkıcı Döngü 108
Genel Olarak Elementler Ne Anlatır? 109
Su ve Ağaç Elementleriyle İlgili Örnekler 113
Ateş ve Toprak Elementleriyle İlgili Örnekler 116
Metal Elementiyle İlgili Örnekler 118
Gün Döngüsü 121
Ömür Döngüsü 122
Nefes Egzersizi 123
Nefes Akışına Bakarak Okuma Yapmak 124

5. BÖLÜM

BEDENE BAKARAK HAYATI OKUMAK 127
Fiziksel Özelliklerin Verdiği Mesaj Nedir? 127
Duruş ve Yürüyüş 127
Yüz ve Mimikler 128
Eller ve Ayaklar 132
Dil 135
Ağız ve Dişler 136
Kiloların Anlamı 139
Yemek Seçimi 140

6. BÖLÜM

POZİTİFİ VE NEGATİFİ OKUMAK 143
Aşırıya Gittiğin Yerde, Dengeyi Hayat Kurar 143
Aşırı Pozitife Gittiğini Nasıl Anlarsın? 147
Aşırı Negatife Gittiğini Nasıl Anlarsın? 148
Ailenden Yansıyanlar 154
Seçimlerin Ne Anlatır? 162
Kiminle Tamamlanıyorsun? 164
Davranışlarından Kendini Oku 168
İnandıkların Gerçek Olur 170
Sorunları Görmekten Sorumluluk Hissetmeye Geç 171

Başlarken

Hayatın akışının ve en önemlisi kaderin bir matematiği ve bu matematiğin bir dili olduğunu keşfettiğim günden beri bu gizli dili çözümleme gayretindeyim. Senaryosu, kurgusu ve oyuncu seçimi bana ait olan bir filmin yönetmeniymişim gibi hayal ederim kendimi. Kameramın kadrajına giren her şeyin ve herkesin hikâyemdeki yerini anlamaya çalışırım.

Her şey yolunda değilmiş gibi hissettiğim de olur bazen. Böyle durumlarda hep şunu sorarım kendime: "Neden bu oyuncu benim hikâyeme dahil olmuş olabilir, itiraz edeceğim olayları neden hayatıma dahil etmiş olabilirim?"

Cevaplarını hemen o anda bulup çözemesem bile yeniden bakarım olana ve olanın bana ne anlattığına.

Karşımda olanlar, bedenimin sağlığı, gördüğüm rüyalar, ifadelerim ve bütün bunların sonucunda hissettiklerim benimle hep muhabbettedir. Zaten asıl olan da muhabbettir. Bazen yabancı bir dile benzer hayat... Duyarsın, dinlersin, seyredersin ve konuşursun... Ama anlamakta zorluk çekebilirsin. "Kader" deyip geçersen, beraberinde zaman da geçer, ancak olaylar ve hissettirdikleri geçmez.

Kader, kendi hayatına biçtiğin değerdir.

Doğduğun coğrafyanın bir ritmi, tadı ve üzerine sinen bir kokusu vardır. Doğduğun realitenin değiştirilemeyecek kodları olabilir, okula uzak bir yerde büyümüş, ebeveynlerinden birini kaybetmiş, maddi zorluklar yaşamış olabilirsin. Bu senin maddi zenginliğe ulaşamayacağın ya da iyi bir anne baba olmayacağın anlamına gelmez.

Seni bulunduğun noktaya getiren, elbette bağımsız seçimlerin değildi, sana sunulanların içinde en iyi olanlardı. Buna “Değişmez kaderim!” diyebilirsin, ancak kaderin değişebilir parametreleri de vardır. Doğumla birlikte başlayan sürecin geleceğe etkileri vardır, ancak geleceğinin tamamını kapsayıp kapsamaması sana bağlıdır. İşte tam da burası, kader yazılımının güncellenebilir noktasıdır.

Senin değerini yine sen belirlersin. Olaylar karşısında kabul ettiklerin ya da edemediklerin olur. Sana seçim yaptıran nedir, seçimlerini neye göre belirlersin? Büyüdüğün aileden, çevrenden, kültüründen ve ezberlerinden arınarak kendi kararlarını verebilir misin? Elbette geçmişin izdüşümü farkında olsan da olmasan da seçimlerine yansır. Ta ki üzerine örtülmüş geçmişinin örtüsünü kaldırana kadar bu böyle devam edebilir. Seni var eden unsurları elbette tamamen değiştiremezsin ama onlarla kurduğun bağ ile olan bakış açını değiştirebilirsin. Üzerindeki “geçmiş” örtüsünden özgürleştiğinde kendi hayatının yöneticisi olursun ve aldığın kararlardan emin olursun. Hayatının ve seçimlerinin sorumluluğu senindir, istediğin zaman yenileyebilirsin. Eğer kararlarını alırken emin değilsen olayın sonuçlarına itiraz edebilir, kendini engellenmiş hissedebilirsin.

İnsanı pişmanlıkla eminlik arasında bırakan, kararlarını verirken kendi merkezinde olması ya da olmamasıdır.

Merkezinde olmak nedir?

Hayatın ritmini yakalayarak, onunla birlikte ilerleyebilmektir. Köklerinden aldığın bilginin rehberliğinde, geleceğinin ilhamlarına kulak verebilmektir. Yeniye cesurca yaklaşıp, bilgiyi eylemle buluşturabilmektir.

"Seni kendi merkezinden uzağa koyan nedir?" diye sorabilirsin. "Bildiğine sımsıkı sarılarak, güvenli bulduğun alanda kalmak istemek, değişime direnmektir" derim. Zaman ileriye doğru akıyorken, "Biraz durayım" dediğin anda gerileme başlar. Geçmişin tekrar döngüsü tam da bu noktada aktifleşir. Aynısını yaşayacağına olan inancın, kaderin değişmeyeceği algısını yaratır. Kaderi potansiyelinle bilgisayara yüklenmiş program gibi görebilirsin.

Bu kitapta sözünü ettiğim programın dilini paylaşıyorum. Bu dil, yaşadıklarını anlamlandırmana yardım edecek. Her olayın bir sebebi olduğunu, rastlantı deyip geçtiklerinin birer işaret olduğunu fark edeceksin. Hayatın gizli dilini öğrendikçe hayat programında güncellemeler yapabilirsin. Seçimlerini gözden geçirebilir, takılıp kaldığın davranış kalıplarını yenileyebilirsin. Senden yansıyan her şey seni tanımladığı için çok küçük bir değişimin bile sonuçları büyük dönüşümler halinde sana yansıyacaktır. Bazen bir kelime değişir, yaşadığın olaylar, duyguların, hatta rüyaların değişime uğrar. Bedeninin duruşu değiştiğinde bir organın iyileşir, sen gülümsersin, karşındakiyle yaşadığın çatışmalar uyuma dönüşür.

Seçimlerinin ardında potansiyelin ve onu oluşturan mükemmel bir matematiksel sistem var... Elindeki kitapla keyifli bir yolculuğa başlıyoruz şimdi. Hayatın gizli dilini beraberce okuyalım.

Yazar Hakkında

Kökleri bir taraftan Kafkaslara, diğer taraftan Mısır'a uzanan bir ailenin tek çocuğu olarak 1966 yılında Gaziantep'te doğdu. Çapa İlkokulu'nda 3. sınıf öğrencisi iken, eski bir güreşçi olan babası tarafından judo kursuna yazdırıldı. Bu dönemde Japonya, Almanya ve İngiltere'den Türkiye'ye gelen uluslararası alanda ün yapmış üstatlarla judo, aikido ve jujutsu eğitimleri aldı. Uzun yıllar judo milli takımında yer aldı. Bu sayede Türkiye'yi temsil etme ve farklı kültürleri tanıma fırsatları buldu. Zamanla bedensel güç ve yeteneği, duygu ve ruha aktarma yolunda çalışmalar yaptı.

Şehremini Lisesi'nin ardından Marmara Üniversitesi Beden Eğitimi ve Spor Bölümü'ne girdi. Henüz öğrenciyken Deniz Harp Okulu'nda judo dersleri vermeye başladı. Aynı dönemde nefesle öğrenme tekniklerini birleştirerek, dil eğitim merkezlerinde gevşeme, odaklanma ve sofroloji sistemleriyle öğrenme konuları üzerinde çalıştı. 1988 yılında metafizik alanında seminerler ve eğitimler verdi. 1989 yılında Türkiye'nin ilk sağlık ve detoks otelinde sağlık müdürü olarak görev yaptı. Beden terapileriyle ilgili fizyoterapistlere, farklı spor alanlarındaki eğitmenlere manyetizm ve manuel terapi eğitimleri verirken, birçok farklı branştan kişi ve gruplara da nefes ve hipnoterapi çalışmaları uyguladı.

1991 yılında Marmara Üniversitesi Sağlık Bilimleri Fakültesi'nde yüksek lisansını tamamladı. "Spor Fizyolojisi ve Psikolojisi" üzerine tez hazırladı. Aynı dönemde Hava Harp Okulu'nda savaş, beden eğitimi ve judo dersleri verdi. Refleksoloji, shiatsu, hipnoterapi, kinesiyoloji, nefes eğitmenliği, takyon, ses-meridyen ve renk terapileri gibi birçok alanda çalışmalar yaptı. Halen bu alanlarda eğitim vermeye devam ediyor.

instagram.com/unalguner
Facebook.com /unalguner
youtube.com/unalguner
bilgi@unalguner.com
www.unalguner.com

Henüz yazmadığım kitabımın imza günü için
bana yıllar öncesinden dolma kalemimi alarak
beni yazmaya teşvik eden ***Su kızıma***,
sevgili hayat arkadaşım ***Meltem Güner***'e,
kitabın yolunu açan ***Yelda Cumalıoğlu***'na,
kitabımın içinde yer alan bilgileri kendi üzerinde uygulayan,
işimi gönül rahatlığıyla teslim ettiğim editörüm
Özlem Esmergül'e çok teşekkür ederim....

Hayat, hangi dilden konuşur?

Sabah güne başlamaya hazırlandığında, gününün nasıl geçeceğini hissedersin aslında. O günün bir tadı, akışı, tıkanıklığı, açıklığı, sağlığı, ritmi ve bir hissedişi vardır. Hatta bir kaderi vardır. Tüm bu bilincin sana belki rüyadan bulaştığını bile düşünebilirsin. Bu hal, uyandığın andan itibaren ifadelerine de yansır. O günden, bir talebin vardır senin. Önce kendine, sonra çevrene selam vermek istersin. Bazı sabahlar suskun uyanırsın mesela ve gün hiç başlamasın istersin.

Peki, bunun nedeni nedir sence?

Bir tesir, enerji, hayatın ritmi ve yaşadıkların...

Her neyse hepsi birbirini takip eder. Hayatın duyulmayan hatta bilinmeyen bir dili vardır ve bu dil seninle her an konuşur. Uyanışındaki histen bellidir günün karşılaşmaları, kavuşmaları ve kapanışı...

Bu tıpkı, henüz hiç konuşmadığın halde birini ilk görüşte tanıman, tanıdığını sanman gibidir. Karşındaki yabancının gözlerine baktığında onun barışçıl mı, sevecen mi, huysuz mu, uzlaşmacı mı olduğunu hemen anlarsın. Hepsi o birkaç saniyenin içinde ortaya çıkıverir. Karşındakinden etkilenirsin adeta.

Sonrasında o kişi hakkında bazı şeyleri görmezden gelmeye başlasan bile, hayat bir gün, o ilk saniyelerdeki hislerinin ne kadar doğru olduğunu sana kanıtlar.

Olayların da bir oluş hali, bir başlangıç noktası ve tekâmülü vardır. Daha başlarken bitecek olan ortaklığa imza atarken, kalemi tutan ele hükmeden kaderin midir? Geri alamayacağını bildiğin şarjını ödünç verirken, "Bak unutma!" dediğin için mi her seferinde unutulur, yoksa o kişi şarjı zaten unutacaktır da sen bunu mu hissedersin? Sıkıntılı bir olaydan sonra bedeninde meydana gelen tesirlerin, "Hasta edeceksiniz beni," demenle bir ilgisi olabilir mi sence? Hayat bizimle hangi dilden konuşur, bu dilin bir adı var mıdır? Bu dile ne zaman ihtiyaç duyarız?

Birbirimizle iletişimde, konuşmanın dışında hislerimizi, beden dilimizi, bakışlarımızı kullandığımız gibi hayatla olan iletişimimizde de birçok unsur bir araya gelir. Bir isteği dile getirirken kullandığımız ifadelerimiz, olayları değerlendirmelerimiz, gördüğümüz rüyaları yorumlamamız, duygularımızla kurduğumuz bağlarımız, bedenimize yaklaşımımız, diğer tüm canlılarla hatta hayatla olan iletişimimiz... hepsi iç içe ve birbiriyle bağlantılıdır. Birinde olanı anladığında diğerini de kavrarsın. Bahsettiğim dil, görünenin ötesinde, eşyanın da bir hakikati olduğunu açığa çıkarır. Hakikatin çağrısına olan yönelim, hayatın işleyişine duyulan merakla, hissedilen aşkla ateşlenir.

Hakikatle buluşmanın bir sistemi, matematiği ve alfabesi vardır. Bunları öğrenebilir, merakını doyurabilir ve perdelerini açabilirsin. Hayatı anlama ve anlamlandırma gayretimiz, bizi, oyalanmaktan, iç huzursuzluktan ve dışarının kalabalığından içerinin sadeliğine alır. İçeride sadece sen varsın. Sana verilen hayat hediyesini kabul edip, kıymetini bildiğinde, o hediyeyi verenin notunu da okursun. Hatta orada geleceğini, bulunduğun ana nasıl geldiğini, bedeninin mesajlarını, ilişkilerinden kalanları, ihtiyaçlarını, yaptıklarını, yapamadıklarını, engellerini, önünde duran çukurları, uçurumları, bu hayata geliş amacını dahi okuyabilirsin.

Kuran'ın ilk ayetinin "Oku" ile başlaması ve "Okumaz mısınız, serili ayetleri," diye hatırlatmalar yapması gibi, birçok dinde ve felsefede de merkez tam da bu noktadır. Birliğe davet; ayırmayı bırakmak, olanın mesajını almak, kabulde bir kalple kendi yolunu aydınlatarak aydınlanmaktır. Bu nedenle tefekkür ve meditasyon, insanın içine bakması, kendini dinlemesi amacıyla tavsiye edilir. Ancak içe çekilip izlemeye geçtiği zaman sakinleşen zihin, görünenin ötesini çok daha berrak görür.

Sen de hayatı onun konuştuğu dilden okumaya başladıkça, bu berrak görüyü deneyimlersin. Bu noktaya gelebilmenin ilk şartı yargılardan arınıp kendine, merkezine gelebilmektir. Seni merkezinde tutacak olan, kendini başkaları üzerinden tanımlamaktan kurtulup, dışarının senin kim olduğuna karar verdirdiğini fark etmen ve bu yetkiyi onlardan almandır. Bu sayede, onların onayını almak ve onları ikna etmek çabasından kurtulup kendi değerini bilmeye geçersin. Seyir halin içeriden dışarıya doğru olduğunda, dışarıyla olan bağların ipi de artık senin elindedir.

Kendi merkezimizde olduğumuzda, 'şahitlik' etmeye başlarız. İzlemenin bir yönü, bakışın bir sınırı ve olayın bir yorumu yoktur. Aksi halde şahitlikten düşer, olayın tarafı oluruz. Oysa yaşamın bize daveti, şahitliğedir. Ancak bu şekilde terazinin dengesi kurulur ve biz huzur buluruz. İyi olma gayreti de kötü olma çabası da terazinin dengesini bozar.

Yıllar önce iyi olmayı üstün sayan bir bakış açısına sahiptim. "İnsanlar özlerinde iyidir. Öyleyse doğru söylüyorlardır," düşüncesi, kimin hangi amaçla ne söyleyip ne yapmaya çalıştığını anlamama engel oluyordu. Çevremde olup biteni taraflı değerlendiriyordum. Aslında demek istediği bu değildir diyerek görünenin ötesinden parlayan mesajı alamıyor ve sonunda haksız çıkıyordum. O zaman, "Ne yapmalıyım?" diye sordum kendime. Evet, şu anda hatalı, eksik veya karanlığın tarafında olabilirlerdi ama belki de yardım edilse onlar da aydınlığın tarafına geçebilirlerdi. Kendimce onları kurtarma mücadelesine giriştim.

Bu yaklaşımım, hayata yine yargıyla baktığımı gösteriyordu ancak ben bunu çok sonra anladım. Sisteme güvenmeyerek, "Ancak benim kontrolümde, ben yaparsam, ben müdahale edersem," diye düşünüp bu doğrultuda hareket ediyordum. Kötü ve karanlık diye tarif ettiğim olayları ve insanları, kendi yorumumla düzeltmeye çalışıyordum. Bu hem beni hem de yansımalarımı rahatsız ediyordu ama ben yine de görmezden geliyordum. Kontrol etmeye ve yönetmeye çalıştığım olayların birçoğu kontrolden çıkıyor ve yapmaya çalıştığım şeylerin tersi oluyordu hep. İnsanları ve dünyayı kurtarma çabam, aslında kendimi bu durumdan kurtarma çabammış. Kendime vereceğim emeği, tekâmülüme kullanacağım kaynakları boşa harcıyormuşum. Ben onları kendi yoluma dâhil etmeye çalışırken, onlar bana merkezimden uzaklaştığımı göstermeye geliyorlarmış. Aramızda olan içsel itişmelerin sebebi de buymuş; herhangi birini zorlayarak gitmek istediği yolu değiştiremiyormuşsun, ancak kendi ışığını yaktığında ışığı arayan ve kendi yolculuğunu başlatmak isteyenlerin yolunu aydınlatabiliyormuşsun.

Görünenin ötesinde olanı okumaya başladığında hatırlaman gereken tek şey, 'dışarısı' dediğin şeyin, aslında sana seni anlatmak için var olduğudur.

"Karanlığa sapmadan, aydınlığa tapmadan kendi merkezine odaklan."

Bir denizanası, yüzde doksan dokuz oranında sudan oluştuğu halde, suyla kendi bedenini ayırabildiği bir sınıra sahip... Oysa ben kendi sınırımın nerede bitip denizin nerede başladığı konusunda kaybolmuştum. O güne kadar öğrendiğim hepimizin deniz olduğuydu. Sınır ne demekti, bilmiyordum. Sınır koymak, sende olanı vermemek yanlıştı benim için. Cebindeki bitinceye kadar vermek, enerjin tükenene kadar destek olmak daha doğru geliyordu. "İnsana ve hayata güvenmeyeceksek, birbirimizin yardım çağrısına koşmayacaksak, insan olmanın tarifini nasıl yaparız?" diye soruyordum. Hayır demeyerek, aslında hayır *diyemeyerek*, kendimce iyi bir insan olmuştum. Bu zan hali, uzun bir müddet zayıflığım oldu. Yönümü bulabilmek için odaklanarak dinlemeye, izlemede kalmaya karar verdim. Önceleri alt metinleri, sonra dışarıdan ve kendimden saklayarak görmezden geldiklerimi fark edip olayları okumaya başladım. Görünürde olanla hakikatte olanın bambaşka olduğunu giderek ayırt ediyordum. Zamanla şuuraltının, bedenin ve doğanın ortak bir matematiksel dili olduğunu gördüm. Başlangıçtaki zayıflığım, sonrasında benim bu alanda güçlenmeme yardım etti.

Çocukken geçirdiği ağır hastalıklar yüzünden özellikle akciğerleri yetersiz olduğu için fiziksel hareketleri kısıtlanmış olan Koichi, bu zayıflığını öyle bir güce dönüştürdü ki, kendinde eksikliğini hissettiği fiziksel enerjinin yerini chi (ki) enerjisiyle tamamlayarak dünyanın en önde gelen aikido ustalarından birisi oldu. Bedenindeki chi enerjisini öyle güçlendirdi ki, aynı anda ona saldıran onlarca kişiyi manyetik alanıyla etkisizleştirebilecek hale geldi.

Aslında her birimizin belirli bir alandaki zayıflığı veya eksikliği o alana emek vermemiz ve gücümüzü o alana aktarmamız içindir. Uzakdoğu dövüş sanatlarında çocukluk yaşlarından itibaren yetiştirilen talebeler sert cisimlere elleriyle öyle hızlı vururlar ki kemikleri kırılır. Kemiğin iyileşme süreci sonlandığında, artık o kemik eskisinden daha güçlü hale gelir. Bu hareket, talebeye defalarca tekrar ettirilir, ta ki kemikler çelikten bile güçlü oluncaya kadar. Çünkü beden, her kırıktan sonra eksik vc zayıf olan tarafı onarabilmek için o bölgeye daha fazla kemik dokusu yığar.

Hayatı sözler, olaylar ve durumlar üzerinden okumayı öğrendikçe, sahip olduğumuz güçleri nasıl kullanacağımızı da bilmenin önemini kavradım. Hayatı okumak seni kendi merkezine getirirken, başkalarının onayına medet ummaktan özgürleştirir. Olmuş olanı okumak geçmişle, olacak olanı okumak gelecekle ilgili zaman kaymalarından seni alır ve şimdide yaşamaya getirir. Bu sayede huzur ve kabulle yaşamaya geçebilirsin.

"Olanı okumak geçmişi,
olacak olanı okumak geleceği aydınlatır."

Binlerce yıl boyunca olanı okumanın bilgisi, günümüzde gelişen teknolojiyle, yapay zekâyla yani makineler aracılığıyla teknik olarak kullanılıyor. İnsandan alınan bir parçayla, ona ait fiziksel ve enerjisel birçok bilgi, anında analiz edilebiliyor. Kendimizden aktardığımız bilgilerle tasarladığımız makinelerin tespit ve teşhislerine inanırken, kimi zaman bu bilgeliğimizden faydalanamıyoruz. Bu bilgeliğin bizde olduğuna inanmıyoruz. Bilgelik bilgiyi doğru yerde kullanmaktır.

İnsanı ve olanı anlama gayretim ve teknolojik gelişmelere olan merakım, bu yolda bilimsel çalışmalardan da beslenmeme yardım etti. Benim de incelemelerimde kullandığım frekans ölçüm cihazları, kişinin DNA analizi, hücre içinin mevcut durumu, genetik potansiyelleri, bedendeki enerji merkezlerinin akışı, aura fotoğraflama, kişinin duygularını, zihnini ve psikolojik durumunu tespit edebiliyor. Fizyonomi bilimi literatüründeki göz, dil, diş ve yüz okuma tekniklerinin bilgisayarlara uyarlanması sayesine gayet derin analizler yapılabiliyor. Ancak şunu hatırlatmak isterim ki, her birimiz, makinelerin ve bilgisayarların yaptığı teşhislerin çok daha ötesindeki verilere ulaşabilecek güçte ve yetenekteyiz.

Bize belki sonsuz sayıda okuma seçeneği sunan bu yöntemlerle, kendimizi ve yaşadıklarımızı anlamlandırabiliriz. Kitaptaki okuma tekniklerini kendi deneyimlerim ve fark edişlerimle birleştirerek, konuyu daha anlaşılır ve uygulanabilir bir hale getirmeyi amaçladım.

Benim çocukluğum Malatya, Gaziantep ve İstanbul üçgeninde geçti. Kışın İstanbul, yazın öncelikle annemin memleketi Gaziantep, arkasından babamın memleketi Malatya Doğanşehir... Henüz okuma yazma öğrenmeden, anlamlarını bile bilmeden duyup âşık olduğum birtakım deyişler vardı hayatımda. "Ne varsa âlemde, o var ademde" ve "İlim bir nokta idi, cahiller onu çoğalttı," gibi...

İlerleyen zamanlarda, bu deyişlerin anlamlarını öğrendikçe, hayranlığım daha da arttı. Çokluk, tek bir noktadan çıkmaktaydı. Bir şeyi hakkıyla bilmeyi öğrenebildiğimde, çok şeyle ilgili fikir sahibi olabilirdim. Kendime şunu sordum: "Peki Ünal, kendine yani bir âdemoğluna, bir insana ve onun da *BİR* tek noktasına odaklanabildiğinde *BÜTÜN*'ü okumak mümkün olur mu?"

İşte cevap, bu kitabın içinde...

BİR'e bakarak BÜTÜN'ü okumak elbette mümkün...

Çünkü tüm parçalar bütüne aittir.

Bir hücrenin bölünerek otuz trilyona yakın hücreden bedenimizi oluşturması, bir tohumun yüzlerce meyve veren ağaca dönüşmesine benzer. Hayatı okuyabilen kendiyle buluşur, özüne kavuşur.

1. BÖLÜM

HAYATI OKUMAK

Sözler, olaylar ve durumların içindeki gizli alfabe

Hayat, bize hediye edilmiş çok değerli bir kitap... Bu kitabın dilini ve alfabesini bilmediğimizde doğal olarak onu okuyamayız. Okuyamadığımız zamanlar da kızar, küser, öfkelenebiliriz. Hatta bize bu hediyeyi verene, "Neden bana anlamını bilmediğim bu hediyeyi verdin ki? Beni bu kadar üzen, kızdıran, öfkelendiren, zaman zaman canımı acıtan, bazen adaletsiz gibi görünen, matematiğini çözemediğim, çoğunlukla kontrol edemediğim bütün bu olaylarla nasıl baş edeceğim?" diye sitem edebiliriz. Çoğunlukla başımıza gelen ve istemediğimiz birçok olaydan dolayı hediyeyi vereni sorumlu tutarız.

Öfkeyi ve suçlamayı önce karşımızdakilere sonra 'sistemin sahibine' yansıtırız. Oysa hayatın alfabesini öğrenip olanı okumaya başladığımızda, yaşadıklarımızın nedenini de hecelemeye başlamış oluruz. Bir de bakarız ki hayat kitabı bize hiç de farkına varamadığımız nice konuları anlatıyor. Hatta her olay müthiş bir ahenk ve matematik sistemi içerisinde tam da olması gerektiği gibi akıyor. Biz de onunla aktığımızda ritmini duyar, ona direndiğimizdeyse zaman kaybeder ve yoruluruz.

Elbette hayatı okumayı öğrenmek için, sistem bizden emek vermemizi bekliyor. Eğer sen de okuyucu olmaya niyetliysen bu kitap sana rehberlik etmeye hazır.

İnsanı ve hayatı okumanın temelde iki yöntemi vardır.

1. İçeriden okuma: Kalbinin perdesini açarak kalp gözünden yapılan okumadır. Kalp gözünün perdesini açmaya yolculuk, dışarıda olanın sendeki yansımasını fark edip, kendi merkezinden seyrederek, mana ile buluşmanla başlar. Kalbin, olmuş ve olacak olanın tüm bilgisinin saklandığı yerdir.

2. Dışarıdan okuma: Dışarıda seyrettiklerini, duyduklarını ve yaşadıklarını okumaktır. Hayat aynasından yansıyan olayları; ifadelerini, duygularını, sosyal ilişkilerini, aileni, bedenini okumaktır. Bu, kendi merkezine yolculuğu başlatır.

Hayat aynasından okuma yapacaksak, doğal olarak ayna karşısına geçeriz ve seyrettiğimizi "dışarısı" zannederiz. Herhangi bir durumu değiştirmek istediğimizde, ilk hamlemiz, aynadan yansıyana olur. Onu değiştirdiğimizde hayatı değiştireceğimizi zannederiz. Enerjimizi, odağımızı tüketircesine oraya akıtabiliriz. Ne yaparsak yapalım seyredilen değişmez. Seyredilene olan yaklaşım ve bakış açısı değişir.

***

Dünyayı nasıl değiştireceğiz, nasıl kurtaracağız?

Dünyayı değiştiremeyiz, hayata katkımızla dünyaya katkı sağlayabiliriz. Dünyayı kurtaramayız, ama kendimizi cahillikten kurtarabiliriz.

Başkalarını nasıl istediğimiz şekle sokacağız?

Kimseye şekil veremeyiz, kimseyi tekâmül ettiremeyiz. Ancak yardım talebi olanların yolunda rehberlik edebiliriz.

Bir Zen Manastırında, dünyayı nasıl kurtarabileceğini soran talebesine ustanın cevabı aynen şu olur: "Git ve bulaşıkları yıka."

Dönüşüm senden başlar...

Yoluna çıkan taşı alıp kenara koyduğunda kendi yolunu da açarsın senden sonra gelecek olanların da. Bu taşı kaldırırken başkalarını kurtarıyorum duygusuyla hareket edersen, yaşamın organize etme gücünü küçümsemiş, kendini kurtarıcı yerine koymuş, kendi değerini ve yolculuğunu görmezden gelmiş olursun. Taşı kendin için kaldırırken bütüne de hizmet ettiğini fark ettiğinde, o bütünün bir parçası olduğunu hatırlarsın. O taşı yerden kaldırma isteğini sana fısıldayan kalbinin sesini dinlemiş olursun. O anda kurtarıcı da kurtarılan da birdir. Kendin için değil, başkasını kurtarmak için taşı kaldırırsan, kalbinin sesini duymayacağını düşünen tarafın seni kibre düşürebilir. Onu kendinden, kendini sistemden ayırmış olursun. Her birimiz bütünün parçasıyız.

Kendini görmek için aynaya baktığında yüzündeki sivilceden kurtulmak için, elbette yüzündeki sivilceyi sıkarsın, aynadaki görüntüye uzanmazsın. Aynanın görevi, sana sende olanı yansıtmaktır.

Hayat aynası da böyledir. Karşında olan sana, sende olanı fark ettirir. İster onu değiştirmeye çalışır boş yere yorulur, ister kendine döner o halden kurtulursun.

İşte hayatı anlama ve öğrenme süreci de böyledir. Bütün ruhsal çalışmalar, öğretiler, aydınlanma ve hayatı anlama gayretine yön verenler bize içe dön, ne arıyorsan kendinde ara der.

İtiraz ettiklerin, kabul edemediklerin aslında anlam veremediklerindir. Neden olduğunu anladığında; başına gelenin bir ceza ya da ödül olmadığını, sadece 'olan' olduğunu kabul ettiğinde hayat akar ve yol açılır.
Dünya, seyredenle seyredilenin birliğini kavrama noktasıdır.

***

Kendini Aynada Seyret

**Aynada İzlediğin Kendinsen,
İtiraz Ettiklerinden Muaf Tutulabilir misin?**

"Hayat nedir?" sorusuna farklı dönemlerde farklı cevaplar vermiş olabilirsin.

"Senin için hayat nedir?"

Bu soruyu şimdi yeniden cevapla...

Bence hayat ....dır.

Hayat çalışmaktır.
Hayat eğlencedir.
Hayat ailedir.
Hayat uğraştır.
Hayat ritimdir.
Hayat zorluktur.
Hayat keşfetmektir.
Hayat sorumluluktur.
Hayat paylaşmaktır.
Hayat kabul etmektir.
Hayat değer vermektir.
Hayat neşedir.
Hayat müziktir.
Hayat kavgadır.

Verdiğin cevap aslında senin şu ana kadar hayatı nasıl yaşadığını, neler yaptığını ve nasıl bir kaderle buraya geldiğini tanımlar. Bu, aynı şekilde devam edeceğin anlamına gelmez. Yeni bir bakış açısıyla yeni tanım yapabilirsin.

Geçmişi dünde bırakan,
yarın yeni bir geleceğe doğabilir.

Demiryollarından emekli bir Mehmet amcam vardı. "Hayat çalışmaktır," derdi. Bu sebepten kendini son nefesine kadar para kazanmak için çalışmaya adadı. Çok yaş kazanmış bir adam olarak hayata gözlerini kaparken vasiyeti, na'şının tıp fakültesi öğrencilerine kadavra olarak bırakılmasıydı. Öldükten sonra bile geriye kalan cansız bedeni öğretmen olarak çalışmaya devam etti.

Başka bir tanıdığım da hayatın dertlerden ve zorluklardan ibaret olduğunu söylerdi. Nasıl bir hayat yaşadı dersin? Tabii ki, hesapta bu zorluklardan kaçıyormuş gibi yapıp, aslında kaçtıklarını hayatına çekerek. Tabiri caizse sevmediği ot, doğal olarak burnunun dibinde bitti. Eğer bir şeylerden *şikâyet ediyorsan yani itiraz ediyorsan*, hayatına bunları davet ediyorsundur. Bahsettiğim bu tanıdığım da başına gelen sorunları sürekli şikâyet ederek anlatırdı. Bir gün dayanamadım, "Sürekli zor kelimesini kullanarak ve hayattan şikâyet ederek hayatını daha da zorlaştırmak istiyor olabilir misin?" diye sordum.

"Ben deli miyim?" diye çıkıştı. "İnsan kendi hayatını zorlaştırmak ister mi hiç?"

Sustum. Ağzından çıkanın bir yemek siparişi gibi önüne konulacağının farkında değildi. Farkında olsa zaten zorluk sipariş ediyor olmazdı. Ona göre suçlu dışarısıydı.

Mesela her işi yolunda giden bir başka arkadaşım, "Hallolur," sözünü dilinden düşürmezdi. Senin de tahmin edebileceğin gibi her işi bir şekilde yoluna girerdi.

Hayatı, bir odanın dört duvarı gibi düşün. Duvarlardan biri yaşanan **olaylar**, biri **haller** ve **haletler**, diğeri **ifadeler,** sonuncusu da **rüyalar**dır. Bu dört unsur yaşamın yapısını ve bütününü oluşturur. Herhangi birinde yaşanan farkındalık bütün odaya etki eder, hayat dönüşür. Örneğin, "Kesinlikle," diyerek hayatına çektiğin deneyimler sadece olaylarla sınırlı kalmaz, bu alışkanlık aynı zamanda bedende de çeşitli rahatsızlıklara zemin hazırlayabilir. Kesinlikle kelimesini sıkça kullanan insanlarda safra kesesi, karaciğer, diz ve boyun tutulmaları oluşur. Bu ifadenin çıkmasına sebep olan hal değiştiğinde yani kişi esner ve "Olabilir," demeye başladığında, olaylar da yumuşamaya başlar, beden iyileşme gösterir. Bu hal, rüyalara da yansır ve gerginlikler rahatlamaya dönüşür.

Sözler olayların, olaylar duyguların, duygular da rüyaların kaynağıdır. Hayatın döngüsünde her bir unsur, diğerini oluşturur. Herhangi birinde çağırdığın kaderi fark ettiğinde, diğerlerinde de değişim ve uyanış başlar.

Sistemin oldukça sade bir mekanizması vardır. Bunu fark ettiğin an, hayatındaki pek çok alanın kolayca değiştiğine tanıklık edersin. Bunların hepsi senin hayatla olan bağını fark etmen ve kendine yönelmenle olur.

Dünyasını değiştirmek isteyen,
kendisini dönüştürdükçe mucizelere şahitlik eder.

Hayatı Oluşturan Unsurlar

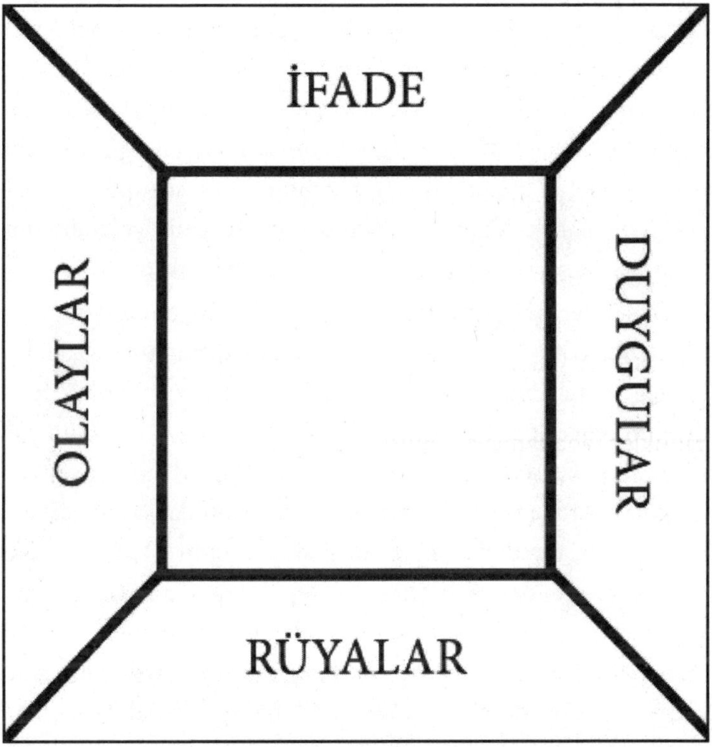

Kaderin döngüsünde her unsur, bir diğerini oluşturur.
Sadece birinde bile uyanan hepsinde uyanır.
Birinde bile değişiklik yapabilen hepsinde değişim yaşar.
Böylece hayat da değişmiş olur. Sen de dönüşmüş olursun.

Sen de hayatına mucize yağmurunu davet edebilirsin. İfadelerine dikkatini verebilir, olayların akışını izleyebilir, içinde bulunduğun hali fark edebilir, rüyaların rehberliğinden faydalanabilirsin. Anlattığım şeylere zihnin belki itiraz etmeye çalışabilir, duyguların direnebilir, yaşadığın deneyimlerden sana kalan anıların izleri haklılığını kanıtlamak isteyebilir. Tekâmül yolculuğunda haklılık değil, huzur insanın kalp perdesini aralar. Seninle birlikte ilerleyeceğimiz bu yolculuğa "dışarıdan okuma" konusuyla başlayacağız. Sonrasında yolculuğu "kalpten okuyan" olarak tamamlayacağız. Zihnin senin sözünü dinleyecek, duygular ilerlemene yardım edecek, bedenin yolculuğunu kolaylaştıracak ve sen kalbin sesini duyan olacaksın.

Örnek vermek gerekirse; atlar, dizgin, araba, sürücü ve efendiyle çıkılan bir yolculukta atlar duyguları, dizgin iradeyi, araba bedeni, sürücü aklı, efendi ruhu ve yol da hayatı sembolize eder diyelim. Eğer atlar başına buyruk hareket edip, sürücünün sözünü dinlemezse, araba yoldan çıkar ve beden dâhil her şey zarar görür. Araba yolda ilerleyemeyecek durumdaysa arızası varsa, yolculuk tamamlanamaz. Sürücü efendinin istediği hedefe gitmez, onun sözünü dinlemezse araba yol alır ancak hedefe varamaz. Dizgin olmazsa sürücü atları idare edemez. Burada araba, atlar ve sürücü gidilecek hedefe varmak üzere bir araç olarak efendiye beraberce hizmet ettiğinde yolculuk tamamlanır, aksi takdirde yolculuk bir kayboluşa dönüşür.

Ruhun yolculuğunda, tekâmülün gerçeklemesi için akıl, aldığı komutları irade aracılığıyla uygulamalı ve duyguları yönetebilmeli, beden bu ilerleyişe hizmet etmelidir.

Her ifade, duygu ve eylem sahibine aittir. Bumerang gibi çalışır ve sahibine geri döner. "Ne ekersen onu biçersin," deyişiyle binlerce yıldır anlatılmak istenen mekanizma budur!

Hayatın Ortak Alfabesi

Yazılar, rakamlar ve konuşma lisanımız...

Bunların her biri sembollerle iletişim içindir.

Peki, kâinatın başka bir lisanı var mıdır?

Bilgisayarlar, milyarlarca işlemi temelde iki sembolün dizilimi ile yapar. Sıfır ve Bir... Bu rakamlar birbirlerinin önüne ve arkasına gelerek bir matrix oluşturur. Bu kadar basit iki sembolle onca işlem kusursuz işler. Neredeyse sorduğumuz soruların tamamına cevap veren mekanizmanın koordinatlarında 'EVET' ve 'HAYIR' yazar. Hayatın bu iki seçenekli dili, almak-vermek, gelir-gider, eril-dişil, geçmiş-gelecek, onay-ret, sağ-sol olarak karşımıza defalarca çıkar.

Ne gelsin ne kalsın ne gitsin?

Tereddüt içinde kalan bir ruh hali, içine virüs bulaşmış bir bilgisayar gibi kendini kilitler ve aradığı bilgiyi yok edebilir.

Karar veremediğin anları düşün, o anda cehennemdesindir.

Karar mekanizması kendin olmakla başkalarının onayladığı sen olmak arasında seçim yapmana yardım eder.

Örneğin, "Bir ilişkiden beklentilerin nedir?" sorusunu cevaplamak kolaydır. Ancak asıl önemli olan beklentilerini karşılamayan biriyle ilişki yaşayıp yaşamamak konusunda değerlendirme yapabilmektir. Karar mekanizmasında elinde 'evet' ve 'hayır' var, bunları nasıl kullandığın seni özgür ya da esir yapar.

Bu ilişkide ilgi, sadakat, paylaşım, güven... beklentilerim karşılanıyor.

Bu ilişkiden coşku, mutluluk, neşe... beklentilerim var.

İlişkimde nezaket, anlayış, önem verme... özellikleri yok.

Bu ilişkide değer görmemeyi, ekonomik kaygıları, güvensizliği... sorun ediyorum.

Bu ilişkideki coşkuyu, yüksek enerjiyi, saygıyı, dürüstlüğü... çok seviyorum.

Bu ilişkide ayrılık, terk edilme, sadakatsizlik, eskiye bağlılık, alışkanlıklar, işkoliklikten kaynaklanan kopukluklar... olmasından korkuyorum.

Bu ilişkinin muhabbet dolu, aşk dolu, zevk ve tat dolu... olmasını arzu ediyorum.

Bu ilişkide tartışmalardan, zamansızlıktan, anlayışsızlıktan, hakaretten, yüksek sesli konuşmaktan... memnun değilim.

Bu ilişkide saygı, değer, sadakat... beklentilerim karşılanmıyor

Bu ilişkiyi zaman kaybı olarak görüyorum.

Bu ilişkinin içinde ben varım.

Bu ilişkide ben yokum.

Bu ilişkiden maddi beklentim var.

Bu ilişkiden duygusal beklentim var.

Bu ilişkinin geleceğinden umutluyum.

Bu ilişkinin bir geleceği yok.

Bu ilişkide şiddet, hakaret, saygısızlık, sadakatsizlik, sorumsuzluk... davranışlarını asla kabul edemem.

İlişkilerindeki var olan durumu açıkça tespit etmek ve daha sonra ne yapacağını net görebilmek açısından kendine sorular yöneltebiliyor olman çok önemli.

Bilgisayarlardaki logaritmalar gibi biz de pek çok parametreyi alt alta sıralayarak değerlendirebilir, seçimlerimizi yapabiliriz.

Yani 1'i ve 0'ı karşımıza alarak seçimlerimizi yapabiliriz.

Yukarıdaki sıralamayı yaptığında ilişkiye devam edip etmeme kararını kolaylıkla verebilir, seçimlerinin varacağı sonu öngörebilirsin.

Tüm kararlar bu şekilde alınır. 'Evet' ve 'Hayır' yol almana yardım eder. Ne gitmeli ne kalmalı prensibinde, at arabası örneğindeki dizginlerin atları idare edişi gibi sen de yol alışını belirlersin. Evet - hayır sisteminin doğru çalışması için egonun, bir çember misali senin alanını belirlemiş olması gerekir. Ego, senin kendini tanımladığın, çevrenle olan bağını kurduğun alandır. Burada sahne senindir. Varlığının ortaya çıkışı bu çember sayesinde güven içinde olur. Eğer çemberin belirsizse, kararlarını uygularken tereddüt yaşarsın ve sistem çöker.

Çocuklara kendi sınırlarını öğretirken elimizi önce kendi göğsümüze götürerek "ben" deriz. Sonra elimizi onun göğsüne yaslarız ve "sen" deriz. Böylece çocuğa kendi alanını korumasını ve başkasına zarar vermemesini öğretiriz. Onun isteklerini karşılarken evet ve hayır komutlarıyla sınırlarını belirleriz.

"Evet, o oyuncağı alabiliriz." "Hayır, o pizzayı yiyemezsin." "Evet, parka gidebiliriz" gibi...

İstediklerimizi de yine bu şekilde programlarız. "Evet, hayatıma bu şekilde devam edeceğim." "Hayır, bu ilişkiyi bitirmeyeceğim."

'Evet' ve 'Hayır' kodlama prensiplerinin bir diğer adı pozitif ve negatiftir.

Pozitif: Başla - ilerle - devam et - yüksel - doldur - hareket et, vb...

Negatif: Sonlandır - durağanlaş - azalt - alçalt - boşalt - serbest bırak, vb...

"Hayat bir'dir" dediğimizde, o anda "bir" olanın iki kutbu oluşur. Buna ister pozitif veya negatif, ister madde-anti madde, ister gece-gündüz diyelim. Aşağıdaki tabloda görüldüğü üzere eril ve dişil prensiplerin azlığı, çokluğu yada dengesi, hayatındaki olayların şeklini ve sürecini belirler.

ERİL	DİŞİL
Baba	Anne
Erkek	Kadın
Gelecek	Geçmiş
Oğul	Kız çocuk
Vermek	Almak
Ruh	Beden
Yukarısı	Aşağısı
Sıcak	Soğuk
Ateş	Su
Pozitif	Negatif
Güneş	Ay
Dikey	Yatay
Doluluk	Boşluk
Gök	Yer
Yang	Yin
Sert	Yumuşak
Gider	Gelir
Endişe	Korku
Aydınlık	Karanlık
Banyo	Mutfak
Sağ	Sol
Ön	Arka
Üst	Alt
Dış	İç
Hareketli	Durağan
Gündüz	Gece

Hayatın bu ikili okuma dilini yaşadığınız her olayda kullanabilirsin. Tıpkı bilgisayarlardaki 01 kodlamasını eril mi, dişil mi diye okuyarak verilecek prensip ve matematiklerle çözümler oluşturabilirsin.

Görünenin ötesini okuyup hayatın şifrelerini çözebilmek için bu prensipleri yapbozun parçaları gibi itinayla yerine yerleştirmelisin.

Okumanı doğru yapabilmek için bilgisayar kodlarının doğru yerlerde olması önemli. Yaşadıkların, geçmişte öğrendiğin kalıpların sürekli tekrarlanmasından mı kaynaklanıyor yoksa gelecekle ilgili mesajlar mı içeriyor? İşte bu noktaya bir kâhin gibi odaklanarak sırları açığa çıkarmalısın. Bedeninde olan bitenleri fark ederek hastalığın sinyallerini, hastalık oluşmadan okuyabilmelisin. Bu sayede enerji kaçaklarını, duygu ve düşünce dengesizliğini fark edip kendinde yapacağın onarımla tekrar merkezine gelebilirsin.

Kâinat her zerreyi, titreşim hızı ve dalga boylarına göre okur. Tüm cisimlerin ve atomların, ait olduğu ortamda bir titreşimi ve sesi vardır. Aynı prensip ışık için de geçerlidir. Güneşten dünyamıza gelen ışık beyazdır. Atmosferde kırılmaya uğrar ve biz onu sarı renkte algılarız. Gökyüzünü ve suyu mavi algılarız. Gökkuşağının yedi rengini algılamamızı sağlayan şey, bulutlara ve su damlacıklarına çarpan ışığın kırılarak dalga boylarında farklılaşmasıdır.

Bu prensip bedenimizde de benzer şekilde işler. Her organın kendine özgü bir titreşimi ve ses dalgası vardır. Bedenini bir orkestra, organlarını da enstrümanlar olarak düşünürsen, o orkestradan yayılan melodi senin evrene bıraktığın izindir. Sende oluşan herhangi bir bedensel, düşünsel ya da duygusal rahatsızlıkta bu ritim bozulabilir.

Her bir zerrenin titreşerek yaydığı sesin yankısı, tüm kâinata ulaşır ve kaybolmaz. Bu sebeple sesin ilk hareketi başlattığını ve her eylemde, varoluşunu sağlayan enerjiyi taşıdığını düşünebiliriz.

Bu yüzden hayatı okumaya 'İFADE' ile başlamak önemlidir.

Oku! Senden hayata,
hayattan sana yansıyanı...

İfadeden Okumak

Sözlü ya da hareketli her eylem, sahibine özgü bir ifade taşır. Yani sesinin tonu, konuşurken seçtiğin kelimeler, duruşun, mimiklerin, jestlerin, bakışın, gülüşün, tebessümün, seni tanımlayan unsurlardır.

Seçimlerinde sadece zihninle hareket ettiğini zannedebilirsin. Oysa asıl seçimlerin bedeninin musikisiyle yayılır. Zihin belirler, dil servis eder ancak; eskiye ait içeride sıkışıp kalmış duygular, bozulmuş beden frekansları hayatını iyileştirme gayretine destek olmaz. Sanki önüne bir anda taş çıkar ve elinde itinayla taşıdığın yenilik tepsin yere düşüverir.

Bir bilgiyi öğrenir ve uygulamak istersin, hayatını iyileştirmektir niyetin ancak bir türlü harekete geçemezsin. Sabahları yürümenin sana iyi geleceğini bilirsin, akşam yatarken buna karar verir, sabah bu kararını uygulayamayabilirsin. Seçimlerini değiştirebilmek için neyi değiştiremediğini fark etmelisin. Gece aldığın kararı zihnin aracılığıyla kendini ikna ederek aldıysan sabah olduğunda o kararını uygulayamazsın. İkna, bir konserde iyi bir müzik dinlemek gibidir, o anda sana iyi gelir ancak konser çıkışında etkisi azalmaya başlar. Kendinde olanı fark ederek beden, zihin ve duygu orkestrasının ritmini iyileştirmen hayatını iyileştirir, seçimlerin kendiliğinden düzene girer. Sabah yürümek için kendini ikna etmeyi bırakır, kalkar kalmaz kendini yürüyüşe hazırlarsın.

Seçimlerini iyileştirmek için seçtiklerinin farkında olmalısın. Bunu derin dinlemeyle yapabilirsin.

Peki, nedir derin dinleme?

Önce kendini, ağzından çıkanı, bedeninden yayılanı duymaya, şifrelerini çözmeye başlayacaksın. Uyanışına yardım edecek olan sıklıkla tekrar ettiğin sözel ifadelerini, mimiklerini, yürüyüşünü, oturup kalkışını, yatışını izlemelisin. Sıkışan duyguların, düşüncelerin ve hallerin, o anki sesine ve kelimelerine yön verebilir. Bu da iç organlarının ritmine yansır.

Her hareketinle kendine özgü bir ifade sergilersin. Bu ifaden, kâinat içindeki tanımındır. Tıpkı adın gibi, ifadelerinin titreşim aralığının ve hızının da matematiksel bir ölçüsü vardır.

Sözün aynı ama frekansın farklı olduğu ifadeleri düşün.

Mesela, "Bakar mısınız?"

Öfke titreşimiyle söylediğinde, yarattığı sonuç farklıdır; sevgi titreşimiyle söylediğinde farklı...

Söz aynı gibi görünse de söze yüklenen frekans, sonucu değiştirir. Çağrı yaptığın frekans; siparişini de, teslim şeklini de belirler.

Titreşimlerle başlatılan eylem, kâinatta bir rakam ve sayıya karşılık gelir.

Hayat, bir ses hareketiyle başladı.

Peki, bu hareketi veren neydi?

Kutsal kitaplar, kâinatın "OL" kelimesiyle başladığını söyler. "O, bir şey istediğinde sadece OL demesi yeterlidir," der.

Yoktan var edilmeyi kavrayamayız ancak vardan var etmeyi konuşabiliriz.

O'nun halifesi ve suretinde yaratılmış olarak, bizim de ağzımızdan çıkan her sözle, yaratılmış olanı kendimize çağırma yetkimiz vardır. Yani, OL etkisi meydana getirecek potansiyele sahibizdir.

Kutsal kitaplarda Yaratıcı, yaratımda bulunurken sadece "ol" diyerek kâinatın yaratıldığını bize işaret ediyor. Burada herhangi bir hareket değil de bir sözle başlaması dikkat çekicidir.

Eylemin başlatıcısı sestir.

Hayat bir frekanstır. Kâinat frekanslar aracılığıyla haberleşir. Günümüz teknolojileri de aynı sistemi kullanır. Her hareketin bir sesi, her sesin de hareket tarzı vardır. Ağzından çıkan bir hece, bir hareket dalgası başlatılır.

Söz, yaydan çıkan ok misali yeni hedefe doğru yol alır...
Nişan alan ve yayı geren okçunun kendisidir.

Senden çıkan her frekans dalga dalga kâinatın her köşesine yayılır, yayıldıkça kendine benzeyen enerjilerle ve frekanslarla eşleşir. Zamansız bir aralıkta çıktığı adrese geri döner. Yayılan frekansın geri dönüş zamanını ihtiyaçlar ve şuur hızı belirler. Eğer sen güzellikleri tatlılıkla anlatıyorsan, tatlı ve güzel şeyler toplanıp gelir. Olumsuzlukları, acıları, kötülükleri sıkça ve hissederek aktarıyorsan, yine aynı olumsuzlukları hayatına çekersin.

Merakla sordukların buluşacaklarının adresidir.

Sorular açılım verebilir ya da açık kapıları kapatabilir. Potansiyelini fark ettikçe sözün gücü kadar sükûtun değerini de fark edeceksin. Sorular senin arayışlarının izini taşır. Meydan okuyarak, sitem ederek, yargı ya da eleştiri titreşimleriyle çağırdıklarına dikkatini vermelisin. Fark etmeden kader defterine, ifade kaleminle karalamalar yapabilirsin. Oysa her birimizin istediği, kader defterine yazdıklarımızın huzur vermesidir. Sorularının da meraklarının da bir frekansı vardır.

Yargılama ve merakla sorulanlar

1. İşi nasıl bu hale getirdi?
2. Neden iflas etti?
3. Niye benim başıma gelsin ki?
4. Hangi akılla yaptın bunu?

Sana tavsiyem kendini ve çevreni dinlerken bu soruların yaratabileceği kader karalamalarını fark et. Geçmişte sorduğun ve şu anda fark ettiğin bu türden sorular için, "Yargıyla ve eleştiriyle sorduğum sorularla bağımı kesiyorum. Sorularımın cevapları huzur versin," diyerek şuuraltına gerekli mesajı iletip sertlikle öğrenme ihtiyacını yumuşatabilirsin.

Açılım veren soru kalıpları

1. *Benim de böyle güzel bir evim olabilir mi?*
2. *Bu sorunu çözebilmek için nereden yardım alabilirim?*
3. *Başarılı sınav sonucu için hangi kitapları okumalıyım?*
4. *Bedenimin iyileşmesi için nasıl yardım alabilirim?*

Soruların, cevaplarıyla buluştuğunda sana huzur vermeli. Aynı şekilde meraklarını yönlendirdiğin alanlar da frekansına etki eder. Neyin peşindesin, izlediğin yol ve yöntemler seni hangi alana çekiyor? Eleştiri, şikâyet, dedikodu, yargılama içeren enerji alanları seni negatife odaklar. Negatif daha önce de bahsettiğim gibi azaltan ve aşağıya çeken enerjilerdir. Bardağı gereğinden fazla doldurduğunda taşarak etrafa zarar vermesi gibi, aşırıya gittiğinde pozitif enerji de negatif etkiler yaratabilir. Hayatında bir konuda hareketsiz kalmanın, bedeninin enerjisinin inişe geçmesinin ve düşünce açılarının yokluğa yönelmesinin altında, enerji kaçaklarına neden olan bu davranış kalıpları vardır. Kendini izle. Zaman ve mekân buluşmalarındaki ifadelerde hangi ritimdesin. Aşırılıklar seni senden uzağa koyar ve kâinatın tekliflerine itiraz edip aynı düzenle devam etmeyi istemene neden olur. Düzenin aynı kalsın diye ısrarcı olduğunda, her an yenilenen sistemden ayrılır, istemediğin bir alana savrulursun. ***Hayat, nehrin akışına karşı direnene sert, onunla beraber akana cömerttir.***

Aynılık, ayrılık yaratır.

Pozitif Enerjinin Yanlış Kullanımı

Bir şeyi zehir haline getiren onun dozudur. Sana iyi gelen bir şeyi aşırı kullandığında zehre dönüşebilir. Aşırı tükettiğin bir besin ilerleyen zamanda alerjik reaksiyonlar yaratabilir. Pozitif enerji prensibinde aşırıya gidilmesi veya yanlış kullanımı durumunda şu sonuçların oluşması muhtemeldir;

-Biriktirdiklerinden vazgeçememek, hatta istifçilik yapmak,

-Neden aldığını ve ne için kullanacağını bilmeden sürekli almak,

-Aşırı kontrol etme isteği,

-Kontrolcü olmanın yarattığı gerginlik duygusu,

-Bağırsaklarda kabızlık,

-Aşırı yemek yeme,

-Kilo verememe,

-Mide rahatsızlıkları,

-İkili ilişkilerde bırakamama-ayrılamama,

-Maddi konularda cimrilik,

-Akışa ve olayların gidişatına direnmek,

-Her şeye evet demek zorunda hissetmek,

-Taviz vererek insanları kontrol etmek, fedakârlılık

-Hayallerinde ve gelecek planlamalarında ulaşılamayacak hedefler koymak...

-Bedene eziyet haline gelen spor yapmak,

-Bedeni aşırı yormak,

-Başkalarını sözlü ve yazılı müdahalelerle kontrol etme isteği,

-Zihinsel aktivitenin aşırılığı,

-Saldırganlık,

-Yerinde duramamak,

-Tikler,

-Çevrende olanlarla aşırı ilgilenme hali,

-Tanımadığın insanlar ve olaylar hakkında yaptığın olumsuz yorumlar, küfürler ve beddualar,

- Onaylamadığın bir eylemde bulunan insanlara karşı aşırı eleştirici veya yargılayıcı olmak...

Hayatın içinde; siyasetle ilgili tartışmalar, sporla ilgili atışmalar, maddi konulardaki çekişmeler, televizyonlarda seyredilen tartışma ve dedikodu programları, savaş ve gerilim filmleri, şiddet, sözlü saldırı, sözlü taciz, cinsel taciz içerikli yayınların aşırı takibi hep bu alanı besler.

Negatif Enerjinin Yanlış Kullanımı

Negatif enerji prensibinde aşırıya gidilmesi veya yanlış kullanımı durumunda şu sonuçların oluşması muhtemeldir;

-Mevcut düzenin değişmesinden korkmak,

-Bedene hareketsizlik yüzünden kayıp yaşatmak,

-Gece uykusuz kalıp sabah çok geç saatlerde uyanmak,

-Gün içinde çoğunlukla aynı şekilde bir pozisyon almak (masa başı, yatar halde, TV karşısında, mesleki olarak aynı şekilde durmak zorunda kalmak, vb...),

-Bir konuda hedef belirleyememek,

-Hedef için hareket edememek,

-Kararlarını kendi başına alamamak,

-Dışarıdan yönetilmeye ihtiyaç duymak,

-Sürekli itiraz etmek,

-Herhangi bir teklife hiç düşünmeden "hayır" demek,

-Bir alışkanlığı bırakamamak,

-Tekrarlar,

-Geçmişten bugünmüş gibi bahsetmek,

-Yaşadıklarından başkasını sorumlu tutmak,

-Bedende aşırı zayıflık,

-Zayıflama isteği,

-Nefes alamamak,

-Kilo alamamak,

-Sevilmediğini düşünmek,

-Aşırı asitli ve şekerli gıdayla beslenmek,

-Kansızlık ve kan hastalıkları,

-Dolaşım bozukluğu ve olayların durağanlaşması,

-Eleştirdikleri ve yargılamada yoğunluk

-Uyuşukluk ve erteleme,

-Herhangi bir şeyin aynısını almak, bulmak ve yapmak için ısrarcı olmak,

-Rutin haline gelen meraklar,

-Aynı düşünceye sahip sosyal çevreden çıkamamak,

-Değişime direnç,

-Gün içinde sürekli aynı şeyleri yapmak,

-Korku ve endişe hali nedeniyle yenilikten uzak durmak,

-Bir fikri, düşünceyi ya da inancı taraftar psikolojisiyle takip etmek,

-Dışarıdan verilen komutları uygulamak,

-Tapınırcasına bir rol modelin peşinden gitmek...

Pozitif veya negatif enerjiyi aşırıya giderek kullandığın alanda bir kaza potansiyeli oluşur. Denge, ani gelen enerji aktarımlarıyla sağlanır. Dışarıdan alacağın destekle kendini dengede tutmaya muhtaç olmaktan ancak içsel dengeni kurarak korunabilirsin.

'Kaza' olarak tanımladığın deneyimler, aslında seni mevcut durumdan çıkartıp yeni bir seçim yapman için zorlayıcı etkilerdir: Bir beden kazası olan hastalık, bir olay kazası olan maddi kayıplar, duygusal alan kazaları, aldatılma ve ani gelişen ayrılıklar, hiç beklemediğin ve hayatının akışını değiştirmeye yönelten olayları da yine bu yönde değerlendirebilirsin.

Pozitif Enerjinin Doğru Kullanımı

Pozitif alanlar, içinde bulunulan konular, eylemler ve yaklaşımlarla ifade edilenler; yukarıya taşıyıcı, ilerletici, iyileştirici ve hareketlendiricidir. Kendini zayıf, hasta ve atalet halinde hissettiğinde pozitif alanlara yönelmelisin. Güneş doğduğunda uyanmış olmalı, hareket etmeli, sözlerinde başlatıcı, iyileştirici ifadeler kullanmalı, gün içinde olan biteni kabulde bir ruh haliyle kararlarını kendin almalı ve istikrarla uygulamaya koymalısın.

Negatif Enerjinin Doğru Kullanımı

Negatif alanlar, içinde bulunulan konular, eylemler ve yaklaşımlarla ifade edilenler; rahatlatan, azaltan, durağanlaştıran, dinlendiren, boşalttıran ve gevşetendir. Kendini gergin, kontrolcü, sabitlenmiş ve stresli bir halde hissettiğinde negatif enerji prensiplerinden faydalanabilirsin. Güneş batıp karanlık çöktüğünde sakin kalmalı, karanlık bir ortamda uyumalı, bedensel boşaltımları doğru zamanlarda yapmalı, sözlerinde kabulde, sükûnette ve dinlemede olmalısın. Bedene doğru miktarda su almak, asitli beslenmeyi bırakmak da negatif enerjinin doğru kullanımıdır.

Hayatında herhangi bir konuda değişim başlatamadığında ve eskiyle olan bağını kesemediğinde aşırıya gittiğin alanı bulmalı ve dengeni kurmalısın. Ataletten şikâyet edip, sabah kalkar kalkmaz bir gün önce başladığın şekliyle güne devam ederek yenilik yapamazsın. Sorularına ve meraklarına odaklan, doğru alana yönel.

Şimdiye kadar zihninin hangi alana yöneldiğine baktık, peki zikrinle neyi davet ettiğini düşündün mü hiç?

Belki farkında bile olmadan öyle bir kelimeyi tekrar edip duruyorsundur ki, tekrarladığın o ifade sana hastalık, şifa ya da dönüşümü deneyimletmiştir.

Harflerin ilmi, kelimelere bilgi yükler.

Bir anlamı olmadığını düşündüğün ses frekanslarının tesirini okumaya ne dersin?

Beden üzerindeki duygusal etkileri, sesli duygu bildirimleriyle duyarız.

Hapşırmanın bir sesi vardır mesela "HAAAApşu"

Öksürmenin; "ÖHH"

Acının "AHHHH"

Öfkenin "ÖFFF"

Kızgınlığın "OFFF"

İtirazın "ÜFFF"

Neşenin "Hahaha"

"H" harfinin tüm seslilerle kullanımı iyileştirici etkiye sahiptir. Özellikle Ha- Hu, kalple ilgili nefes meditasyon çalışmalarında iyileştirici bir ses olarak kullanılır. Ha-Ho, sağlık ve şifayla ilgili kelimelerde de kullanılır. Hospital, Healing, Hastane, Heart gibi...

"OHH - AHHH - ÖHH -IHH" sesler rahatlatıcı ve sağaltıcı bir etki yaratır.

Ha sesi, bedende kalp, duyguda neşeyi arttırmak için kullanılır

"F" harfinin telaffuz edilirken uzatılarak kullanımı, baskılanmış duyguların ve engellenmiş eylem ateşinin açığa çıkışını sağlar. Bir ateşi yakmaya çalışırken nefesle verilen destekte de aynı ses frekansı kullanılır. Yine bir mumu üflerken de ateşi söndürmek için aynı ses frekansından yararlanılır. Ayrıca öfkenin çoğaltılması ya da azaltılmasında da kullanılır.

"FU" sesi sağaltıcı ve iyileştiricidir. Meditasyon ve ses çalışmalarında FU sesi bedende böbrek sağlığı, duyguda endişeyi gidermek için kullanılır.

'R' harfinin uzatılarak kullanımı bir inatlaşma ve saldırganlık frekansı yayar. Ondan sonra gelen sesli bir harfle direnci kırılır ve ruhsal enerjileri sembolize eder.

"Ra, Rahman, Rahim, Ruh, Brahman"

Gündelik hayatında kullandığın kelimeler, sesler hatta harflerin gücünü sen de fark edersin.

Bazen birinin ağzından çıkan tek kelimeyle bile ruh halini, içinde bulunduğu durumu, yaşadığı kaderi ve yaşayacaklarını görebilirsin.

Nasıl mı?

Mesela arkadaşına sorabileceğin sorular üzerinden okumalar yapalım birlikte:

"Ne haber, nasılsın?"

"Bildiğin gibi, piyasa durgun, işler kesat." / *Aynı olmasından memnun, değişime direniyor, durgunluktan hoşnut. İşleri kesintiye uğruyor.*

"Yuvarlanıp gidiyoruz işte." /*Yuvarlanarak çabalarının ve sorunlarının artarak devam etmesini istiyor.*

"Çok şükür her şey yolunda, bereketimiz artsın." /*Şükredenin şükredeceği olaylar artar. İşler tam da istenen seviyeye gelir.*

"Problem yok, fena sayılmaz." /*Probleme ihtiyacı var. Olandan memnun değil, problem davet etmek istiyor.*

"Piyasalar kötü, yaprak kıpırdamıyor." /*Kötüye odaklanarak kendi için kötü olanı büyütmek istiyor.*

"Bugünümüze de şükürler olsun." /*Yaşadıklarından pek de memnun olmadığını düşünüyor. Şükretmeyeceği olayları hayatına davet ederek şikâyet ederek yaşamayı seçiyor.*

"İyilik, güzelliklerle olmak niyetindeyiz." /*İyiliklerin ve güzelliklerin onu bulmasına niyet ediyor.*

"Nasıl olsun, gidiyor işte." /*Belirsizlik ve sorgulama halinin devam etmesini istiyor.*

"Eh işte!" /*Durumdan memnun değil, daha fazlasını istiyor, ama çok hırslı olduğu için fazla verilmeyeceğini de biliyor...*

Tüm bunların ne ifade ettiğini kurulan cümlenin frekansından okuduk. Bu yorumları yaparken zamanla karşındakinin ve elbette kendinin yüz mimikleri ve beden dilini de okumalarına eklemelisin. Yüzünü ekşiterek ifade edilmiş bir şükür kelimesiyle, gülümseyerek edilen arasında büyük fark vardır.

Gülümseyerek, "Problem yok," ya da "sıkıntı yok," demek, işlerin gidişatından duyulan rahatsızlık nedeniyle ifade edilir.

Kişi neden sıkıntıya çağrı yapar? Bir gelecek planı olmadığında, yenilikten korktuğunda ve rutinini devam ettirmek istediğinde böyle bir duruma çağrı yapar.

***

Sıklıkla tekrar edilen, adeta dilde zikir haline getirilen ya da doğru yerde kullanılmayan bazı kelime ve cümle kalıpları asıl mesajları gizlice iletir.

"Merak edecek bir şey yok," ifadesi bir soru karşısında cevaben veriliyorsa, *"İzlediklerim var,"* anlamına gelir. Durduk yere söyleniyorsa, *"Fazla önem vermiyorum ama endişelerim var,"* anlamına gelir.

"Problem değil," "Senin için problem mi?" sorusuna karşılık olarak verilmediği sürece, aslında, *"Problem var,"* anlamına gelir.

"Neyse..." /*İçeriden itirazlar olmasına rağmen zorla kabul edilen bir duruma işaret eder.*

"Hep aynı şeyler alıştık artık." /*Olayların ve yaşananların tekrar aynı şekilde başa gelmesini istemek; bilinen ve alışılan hallerin peşinden koşmak anlamına gelir.*

"Bakarız..." /*Birçok olay olurken eyleme geçemeyip, bakakalmaktır.*

"Dursun" /*Sabitlenme isteği, zor bırakan bir yaklaşım veya kişilik yapısını,*

"Kalsın" /*Sıklıkla kullanıldığında değişime direnç olduğunu gösterir.*

"Ne olur ne olmaz..." /*Tedirginliği işaret eder.*

"Sabır..." /*Sabır kelimesini çok kullananlar, zorlaştırmaya meyilli olanlardır.*

Nasıl ki tek hücreden, bir bedensel form oluşabiliyorsa, eylemin kök haliyle de bir kader yaratılabilir. İfade ederken, bir şeyi istediğini zannederek uzağa itebilir, uzakta olmasını isteyip yakına alabilirsin.

Yerinde ve doğru kullanılmayan olumsuzluk eklerinde, fiilin kökü aktiftir. İstemediğini ifade ettiğini düşünürsün ama bir bakarsın, o istemediğin sana servis edilir. Ya da birisi durduk yere kendinden olmayan özelliklerden bahsetmeye başladığında bakışın, onun ifade ettiklerine yoğunlaşır.

"Ben yalan söylemeyi sev**mem**." "Zarar etmek iste**mem**." "Seninle tartışmak iste**miyorum**." "Hiç ayrıl**mayalım**." "Kendimi övmeyi sev**mem**." "Başına bir şey gelsin iste**mem**." "Kaza**sız**, bela**sız**." "Hastalık, üzüntü ol**masın**." "Hiç bozul**masın**." "Kimseyi kıskan**mam**." "Sonunda üzül**me de**." "Yanlış yola saptır**masın**, kötüye muhtaç et**mesin**." "Ele güne muhtaç et**mesin**."

Me-ma, sız-siz olumsuzluk ekleri soru cümlesine cevap verirken, olayı netleştirmek isterken kullanıldığında doğru algı yaratır. Durduk yere söylenen örneklerde gördüğün kalıplar ve benzerleri şuuraltının asıl niyetini açık eder.

Ama ortada kaza yokken kazadan, aldatma yokken aldatmadan bahsetmek o titreşimi hayata çeker. Elbette bunu söylemen ya da söylendiğinde duyman boşuna değildir. Sen de hayatında olmasından endişe ettiklerini dillendiriyorsan o enerjiye ihtiyacını ifade ediyor olabilirsin.

"Başına bir şey **gelmesinden korkarım**." "**Yanılmak**tan korkarım." "Tek endişem, **kaybetmek**." "Beni **aldat**ırsan seni **terk ederim**." "Böyle yaparsan **küs**erim." "Beni **üzecek**sen birlikte olmayalım." "Aman bu işin sonunda aranız **bozul**masın." Burada şuuraltının hedefi, kelime kökünün frekansını gerçekleştirmektir.

Kaderin kalemi dilde, tesiri sestedir.

***

Sık kullanılan kelimelerle beden, duygular, düşünceler, eylemler ve kader bir uyum oluşturmuş, birlikte ortak bir çekim alanı meydana getirilmiştir.

Tekrarlanan kelimelerin frekanslarına bakarak rahatsızlıkları, hastalıkları, hatta yaşanacak deneyimleri teşhis etmek mümkündür.

Olur olmaz yerde sıkça tekrarladığın kelimelerle ve seslerle bir bağlantın vardır. Dikkatini verdiğinde göreceksin ki, yüzlerce seçeneğin olduğu halde sen hep aynı sözleri tekrar ederek, aynı tarzda konuşmaktasın. Tam şu anda, zihnine göz at ve tekrarladığın sözcükleri yakala! Dilersen bir kâğıda yaz... Sık kullanılan kelimelerle, farkında olarak ya da olmayarak ne tür durumlar oluşturulduğuna göz atalım:

Keşke: Geçmişte olanların daha iyi olduğunu, şimdininse yeterince iyi olmadığını düşünüyorsundur. Yaşadığının sana tat vermediği fikrindesin. Hayatındaki kadın figürleriyle ve geçmişinle ilgili problemler yaşıyorsundur. Pankreas ve cinsel salgı bezlerinle ilgili rahatsızlıklar oluşmuştur ya da oluşması yüksek ihtimaldir.

Aynen: 'Aynen' kelimesini sık sık kullanıyorsan; geçmişin tekrar etmesini istiyorsundur. Üretkenlik yeteneğini az kullanıp taklit etmeyi tercih ediyor, onaylanmaya ihtiyaç duyuyorsundur. Tekrar çemberinden çıkmak istemeyenler, bu kelimeyi çok sık kullananlardır. Özellikle bedeninin arka kısmında ya da sol taraftaki organlarınla ilgili rahatsızlıklar yaşaman muhtemeldir.

Kesinlikle: 'Kesinlikle' kelimesini sık sık kullanıyorsan hayatında sertlik ve keskinliklere ihtiyaç duyuyorsundur. Mükemmeliyetçiliğin bir sığlık olduğunu henüz fark etmemişsindir. Olanın en iyisini olduğunu öğrenme yolunda henüz ilerliyor, hayatın sana sert ve gaddar davrandığını düşünüyorsundur. Safra kesesi, boyun ve kas tutulması ve dizle ilgili sorunları hayatına çekme potansiyeli taşıyorsundur.

En: 'En' kelimesini sık kullanıyorsan; bir hali çoğaltmak, rekabet etmek, etrafındakilerle didişmek, diğerlerini geçmek, önde olmak, gözde olmak ve onaylanır olmak istiyorsundur. Kendini yetersiz buluyor ve bunu da kendinden gizlemeye çalışıyorsundur. "En iyi olmalıyım!", "En güzelini yapmalıyım!" "En büyüğü...", "En güçlüsü...", "En iyisi..." gibi ifadeler mütevazılıktan uzaklaştırır, kibri arttırır. Bunun arkasında kendini küçük ve eksik görme duygusu yatar. Başarı senin için kendini kanıtlama, ispat etme aracıdır. Özellikle mide yanmaları rahatsızlıkları, bu kelime frekansından yayılan kontrol enerjisinden kaynaklanır.

Hiç: "Hiç" kelimesini sıklıkla kullanıyorsan temelde çokluğu ve yokluğu yaratmak istiyorsundur. Yeri gelmişken konuyla ilgili bir hikâye anlatmak isterim.

Günün birinde Nasreddin Hoca'ya iki adam gelir. Biri diğerinden şikâyetçidir. Şikâyetçi kişi, yanındakine yardım ettiğini ancak bunun karşılığında kendisine söz verilen şeyi bir türlü alamadığını söyler. Yanındaki adam boynu bükük, mahcup bir halde durmaktadır. Ağzını bile açmaz.

Hoca şikâyetleri yeterince dinledikten sonra suskun adama döner, "Sana yaptığı yardımlara karşılık bu adama ne söz verdin?" diye sorar.

Adam "Hiç," der.

Bunun üzerine Nasreddin Hoca şikâyetçi, "Doğru mu?" diye sorar.

"Doğru," der adam da. "Bana söz verdiği hiç'i vermedi."

Hoca, halının ucunu kaldırır ve "Şunun altındakini al," der şikâyetçi adama. Adam söyleneni yapar ve elini uzatır. Ancak halının altında bir şey yoktur.

"Elinde ne var?" diye soran hocaya, "Hiç," diye karşılık verir.

Hoca cevabı yapıştırır:

"İşte şimdi hiç'ini aldın. Helalleşin ve gidin."

Kısaca "Hiçlik" bir yokluk enerjisidir.

Hep: "Hep" kelimesini sıkça kullanıyorsan hayatında tekrarları ve durağanlığı sürdürmek istiyorsundur. Rutin bir hayatın vardır. Bu ifadenin kullanıldığı alanda rutinleşme vardır. Rutinleşmenin olduğu yerdeyse tatsızlık ve sıradanlık olur.

"Hep beraber olalım!" dediğin bir ilişki, ayrılıktan sonra bile geride bıraktığı tortularla ya da izlerle diğer ilişkide devam eder. Çünkü beraberlik henüz bitmemiştir ve 'hep' devam ediyordur.

Ailenin hep bir arada olmasını istediğini ifade ettiğinde, sana zarar verdiklerini öğrendiğinde bile onları hayatından çıkaramazsın. Çünkü "hep bir arada" olmayı ifadenle onaylamışsındır.

"Hepsi" ve "hepimiz" kelimelerinde de çoğaltmaya, çoğulculuğa ihtiyaç duyduğunun izleri vardır.

Ama: "Ama" kelimesini sık kullanıyorsan içeride itirazcısındır. İçindeki, "Ben bilirim," diyen tarafını susturamıyorsundur. Bildiklerin seni yönettiği için yeniliklere ve almaya kapalısındır. Sunulanı alamadığın için, eski olanı da bırakamıyorsundur. Kabızlık ve bağırsak problemi yaşaman muhtemeldir.

Hadi, hemen, çabuk: Bu kelimeleri sıkça kullanıyorsan atman gereken adımları geciktirdiğini ya da oyalandığını düşünüyorsundur. Bu konuda şuuraltın haklıdır. Sadece oyalandığın konunun ne olduğunu göremediğin için farklı alanlarda aceleci davranıp kendini yavaşlatıyorsundur. Tembellik yaptığın alanları bulup ilerlemeye karar verene kadar, bu kelimeleri sıkça kullanarak acele ediyormuşsun gibi yapmaya devam ederek, rol yaparsın. Bu yapıdaki insanların bedenlerinde, özellikle kalple ilgili rahatsızlıkların oluşması muhtemeldir.

Yok: 'Yok' kelimesini sık kullanıyorsan hayatına bir şeyin yokluğunu çağırıyorsundur. Çoğu zaman alamıyor, almaya direniyor hatta almayı küçük görüyor da olabilirsin.

Asla: 'Asla' kesilmesini sık sık kullanıyorsan kendini asıl yapman gerekenlere davet ediyorsundur. "Asla gitmem, asla yapmam..." dediklerin, asıl yapman gerekenleri hatırlaman içindir. Asıl yapman gerekenlerden kaçamayacaksın. Arkadaşların arasında her kim, "Asla evlenmem!" diyorsa, önce onun düğününe gideceksin demektir.

'Asla' kelimesini sık kullananların dizlerinde ve boynunda çökme ve eğilememekten dolayı rahatsızlıklar oluşur. Ayrıca safra kesesi sıkıntıları yaşanır.

Daha: 'Daha' kelimesini sık sık kullanıyorsan içinde bir doyumsuzluk üretiyorsundur. 'Olan'la yetinemiyorsun, olanın yetmeyeceğini sanıyorsundur. Kendini yetersiz ve eksik hissettiğin için sana ne verilirse verilsin ne sunulursa sunulsun istediğin hedefle buluşamayacağını düşünüyorsundur. Dolayısıyla nefes daralması, timus sıkışması, kilo problemi, doyumsuzluk ve hormon dengesizlikleri oluşması mümkündür. Ayrıca hırs ve egonun negatif yönde artmasını sağlamak istiyorsundur.

Biliyorum: Bilmediğini bilmeye ve yeniye kapalısındır. Eskiye bağımlık halinde sık kullanılan bir kelimedir. Öğrenmenin ve bilinçlenmenin önündeki en büyük engellerden biridir.

Yeter: Bir alanda bir şeyi noktalamak, bitirmek ve sonlandırmak için kullanılan bir kelimedir ve hayatında, bir alandaki akışı bir anda durdurabilir. Eğer çok sık kullanıyorsan, alma ile ilgili sıkıntı ve dirençlerin vardır. Sunulana karşı rafların veya kapasiten az geliyor olabilir.

Belki: Belirsizlik ve ihtimal hesaplarını net görememe, tam karar verememe halidir. Sık kullanımı, kararsızlıklara sebebiyet verir.

Di mi?/Değil mi: Dışarının ve başkalarının onayını almaya muhtaçlıktan dolayı söylenir. Sık kullanılıyorsa, irade yeteneğini azaltabilir, iradeyi zayıflatabilir.

Sonra: Çoğunlukla ertelemek için söylenir. Sık kullanıldığında, gelecek planı yapılması anlaşılır. Çünkü kişi, sürekli kendini ve hayatı erteliyordur.

Efendim: Çocukluktan bu yana belki sana da büyüklerinle konuşurken 'efendim' kelimesini kullanmayı öğrettiler. Oysa anlam olarak bilinir ki, 'efendi' yukarıda, efendiye kulluk eden yani ona 'efendim' diyen aşağıdadır. Bu bir kulluk ve kullanılma ihtiyacının belirtisidir.

Buyurun: Bu kelime de karşıdakinden emir alma isteğini ve talebini belirtir. Aslında birinden emir almak istiyorsundur.

Çocuklara kibarlık ve saygı ifadesi olarak öğretilen bazı kelimeler, onları daha da asileştirebilir. "Buyurun, efendim, emredersiniz, emriniz olur, başımın üstünde, hayhay" gibi ifadeler, itaat ve kula kulluğa götüren ifadelerdir ki içerde isyan frekansını arttırır. Bu kelimenin kullanılması insanı robotlaştırıp, köleleştiren titreşimler oluşturur.

Peki: Eğer her söylenene 'peki' diyorsan, kendin için faydalı ve zararlıyı ayırt edemiyorsundur. Kendi ego sınırlarını çizemediğin için kendini korumasız hissediyor ve başkalarına yaranabilmek için 'hayır' diyemiyorsundur.

Artık: Yeni başladığını düşündüğün işlerde bile, geçmişten bir maya alarak geçmişin enerjilerini tekrar etmek ve arkaya dönüp bakmak istiyorsundur. Bu sebeple de geçmişten hep bir 'artık' ve yarım iş bırakıyorsundur.

Mecburum, zorundayım: 'Mecburum' ve 'zorundayım' kelimelerini sık sık kullanıyorsan çalışmak ve ilerlemek için uyarılara ve dürtüklenmeye ihtiyaç duyuyorsundur. Mecburiyetin tutsaklığın, esaretindir. Kalp ve damar sistemine dikkat etmen yerinde olur.

Fedakârlıkettim: Fedakârlık kelimesini sıkça kullanıyorsan kurban rolünü fazlasıyla benimsemişsindir. Mağduriyetinden kârlılık elde etme çabasınasındır. Bu yapıdaki insanların bedenlerinde romatizma rahatsızlığına rastlama olasılığı yüksektir.

Çok istiyorum: Bir şeyi çok istediğini sürekli tekrarlıyorsan istediğin o şey olmaz. Neden? Çünkü 'çok' demek, aslında burada 'yok' demeye dönüşür. Bir şeyi 'çok' istemezsin, bir şeyi 'sadece istersin' ve o siparişi verdiğinde her ne ise olur... 'Çok' ile aşırıya gitmeyi seçiyor olmanın nedeni, emin olmama frekansından kaynaklanır. Bu da istiyormuş gibi yapma halidir aslında. İstediğin şeyi, kendinden biraz daha uzağa itmek için 'çok' kelimesini kullanırsın. 'Çok istemek' aslında kendini kandırmaktır. "Ben o kadar çok istiyorum ki, ama olmuyor," ifadesinin altında, "ben bunu istemiyorum ve bunun olması beni memnun etmez," düşüncesi yatar.

Korkuyorum, korkarım: 'Korkuyorum' ya da 'korkarım' kelimelerini sıklıkla kullanıyorsan korunmaya ve korkuyla güdülmeye ihtiyacın vardır. Bu nedenle böbrek üstü bezleri ve kanda oluşan hastalıklarla karşılaşma ihtimali yükselir. Ayrıca hayata köklenmekle ilgili problemler de söz konusu olabilir. Köklenme sorunu, küfür ya da kaba kelimeler kullanarak konuşmaya neden olur. Gözaltı kararmaları ve böbrek hastalıkları da bununla ilgilidir.

Mesela, "Asansörde kalmaktan korkuyorum!" diyorsun. Hiç merak etme, tam da sen içindeyken bozulacak bir asansöre denk gelebilirsin "O halde ben de asansöre hiç binmem olur biter," dediğindeyse ya karanlık bir odada ya da anahtarı kaybedilmiş bir mekânda kapalı kalır, taşıdığın korkunun yansımasıyla bir noktada buluşursun.

Sıklıkla anlatılan anılar ne söyler?

Geçmişte yaşadığın ve bugün sıklıkla anlattığın anılar sebepsizce dile getirdiğin şeyler değildir. İster çocukluğunda yaşadığın bir deneyimden söz ediyor ol, ister eski bir ilişkinden, fark etmez...

Tekrarladığın anıları anlatırken kendini dışarıdan izlemeni istiyorum. O anıyı sanki yeniden yaşıyormuşçasına, o anın tesiriyle başkalarına aktardığını fark edeceksin.

Anıdaki olayın sana vermeye çalıştığı bilgiyi öğreninceye kadar, aynı açıdan aynı olayı tekrar anlatman doğaldır. Şuuraltın bilir ki, anlattığın olayları ya da benzer frekanstaki başka durumları hayatına bir kez daha çağırma ihtiyacı içindesindir.

O halde şunu söylemek mümkün;

Anılarını tekrarlayanlar, aslında aynı deneyimi bir kez daha yaşamak ve o 'halin' içinde devam etmek ister.

Örneğin, çocukken yaşadığın bir olayı anlatırken hâlâ o yıllardaki hislerle, çocuk halinin gözünden aktarmaya devam ediyorsan, içindeki çocuğun büyümesini istemiyorsundur. O çocuğun gözlerinden bakıp bugün ulaştığın halin bilgisi üzerinden değerlendirmeler yapabiliyorsan, ilerliyorsundur.

Bir akrabam, kocası hayattayken ondan sürekli şikâyet ederdi. Kocasının ona zarar verdiğini, hayatını cehenneme çevirdiğini anlatırdı. Kocası öldükten kısa bir süre sonra, erkek kardeşinden ve oğlundan da şikâyet etmeye başladı. Kadına göre sadece dışarısı ama özellikle erkekler suçlu, kendisi mağdurdu. Giderek etrafındaki insanlar ondan uzaklaşır oldu. Böylece kadın kendini ibadete verdi. Neredeyse kimseyle görüşmemeye başladı ve buna rağmen dilinden şikâyetler hiç eksik olmadı.

Hatırla ki ağızdan çıkan her söz, bir titreşim oluşturur ve bu titreşim bir eylem başlatır. Sistem senden çıkan sözlerin frekanslarını gerçekleştirmek üzere, senin emrini almıştır. Bu kadının hayattan koparcasına ibadete yönelmesinin asıl sebebi ağzından çıkıp, üzerine bulaşan ve kalbini kirleten şikâyet sözleriydi. Kendini kirlettiğinin farkında olmadan arınmak ve kabule geçebilmek için gereğinden fazla ibadet ediyordu.

Anılarını anlatırken hâlâ o eski halden baktığı ve kabule geçemediği için, kocasıyla yaşadıklarından yana olan şikâyetleri, kadının hayatındaki diğer erkeklerle olan ilişkisine de yanmıştı.

Oysa yaşadıklarının mesajını alabilseydi, aynada gördüklerini hırpalamak yerine kendini özgür bırakır ve kalan zamanını mutlu yaşardı. Sen de anılarınla kurduğun bağlara bugünkü farkındalığınla yeniden bak, yaşadıklarının sana katkısını görerek, anılarındaki tekrar döngüsünü sonlandır.

Ağzından çıkan her kelime, bir isteğin imzasıdır.

Ağzından çıkanı ayırt etmeksizin sana hizmet eden bir sistemin parçası olduğunu hep hatırla. İsteklerin, olduğu gibi sana sunulur. Sistem hangi istek olumlu, hangisi olumsuz diye ayırt etmez. İsteyene istediği verilir.

Şarkılar, şakalar, seyrettiğin filmler, inanç kalıpları, sürekli anlatılan anılar... Bil ki her ifade kayıt altına alınır ve sipariş tamamlanır. Bu kayıtlarla neyi istediğine, neye meylettiğine ve ne tarafa yöneleceğine karar verirsin.

Rutinler, tekrar eden döngünün yakıtıdır.

"Aman hasta olmayayım."
"İşler ters gitmesin."
"Tadımız kaçmasın."
"Sorun çıksın istemiyorum."

Bu ifadeler ne kadar iyi niyetli gibi görünse de aslında ne istendiğinden çok ne istenmediğine odaklı ifadelerdir.

Hasta - ters - kaçmak - sorun...

Cümlelerin içindeki bu kelimeler, aslında sisteme kaydettirilen çağrılar, davetlerdir.

Ne istemediğine değil ne istediğine odaklanman çok önemli... Bu yüzden de olmasını istemediğin ya da benzerini yaşamak istemediğin olaylardan bahsetmeyi de bu olayları seyretmeyi de bırak. Sözlerin, ağzından hayatına doğru gelirken, sana huzur versin.

Hayat sana her türlü güzel hallerin, durumların, karşılaşmaların ve yansımaların sunulduğu mükemmel bir sofradır. Sen o sofradan bir meyve alıp tadına bakarken, "Oh ne güzelmiş!" dediğinde, artık o tatla bütünleşirsin. Bu şahitlikle aynı lezzetleri yaşamaya devam edebilirsin. Bazen soru sormaya da başlarsın: "Bu nasıl olur? Bunun tadı neden böyle? Niçin rengi kırmızı?" dersin.

Sen soru sordukça, sana cevap verilmek üzere yeni sofralar kurulmaya başlar. Örneğin, komşunun evinden gelen gürültülere kulak verip, "Nasıl bu kadar çok ses yaparlar? İnsan eşine böyle davranır mı? Bu kadar da içilir mi?" diye sorular sorduğunu düşünelim. İşte o andan itibaren seyirden çıkıp sorduğun soruların cevaplanacağı yeni bir sofra kurulur. Çünkü senin sözlerin ve isteklerin o kadar önemlidir ki, sorduğun sorular bile cevaplanmak üzere sana kendi hayatında gösterilir. Samimiyetle ve gerçekten öğrenme niyetiyle sorulan sorularla yarattığın kader sana keyif verebilirken; şikâyet, yargılama ve eleştiri dolu sorularında, pek de hoşlanmayacağın cevaplarla karşılaşabilirsin.

Elbette bir ifadenin çıkış anı, oluş frekansı tesadüf değildir. Potansiyelinde yazılı bulunan bir ihtiyacından dolayı o ifadeyi kullanıyorsundur. Ağzından çıkan herhangi bir 'söz' bile, sen sonunun nereye varacağını bilemesen de muhakkak bir şekilde gerçekleşir. Olayı deneyimlerken ya da deneyimledikten sonra nereden kaynaklandığını anlayamasan da, "Ben bu deneyimi aslında bu şekilde istemedim, benim söylediğim bu değildi," diyerek itiraz etsen de yaşadığın tamamen senden kaynaklanan bir sipariştir. Sistem öylesine mükemmel bir matematikle çalışır ki sana teslim ettiği her şey senin çağrılarından oluşur.

Bazen bir ekonomik sarsıntı, bazen duygusal bir deneyim, bazen bedensel bir sorun yaşayabilir ve "Bu olay da nereden çıktı şimdi?" diye sorabilirsin kendi kendine. Yaşadığın olayın seni götürdüğü durağı fark edene kadar itirazların devam edebilir. Ne var ki siparişin sana ait olduğunu fark edip, "İyi ki böyle oldu," dediğinde ve olanın en doğru şekilde olduğunu kabul ettiğinde, kendini tekrar döngüsünden kurtarmış olursun.

Atölye çalışmalarımızda konu buraya geldiğinde sıklıkla işittiğim sözler şunlar olur:

"İnsan neden ekonomik sıkıntı yaşamayı istemiş olsun ki?"

"Ne yani, hasta olmayı ben mi istedim?"

"İşten çıkarılmayı ben mi sipariş ettim?"

Senin de hayatında istemediğini düşündüğün olayların, aslında kendi siparişin olduğuna karşı itirazların olabilir. O halde burada duralım ve olanın öncesini, olmuş halini ve sonrasını örnek bir olayla birlikte okuyalım ister misin?

Diyelim ki bir arkadaşını ziyarete gittin ve onun işinde ne kadar da mutlu olduğunu, yaptığı işten büyük keyif aldığını görünce çok özendin ve "Benim de yaparken mutlu olacağım, kendime ait bir işim olsun," dedin. Fakat o dönemde bir şirkette yönetici yardımcısı olarak çalışıyorsun. Yöneticin sana kendini iyi hissettiriyor, maaşın da hayli yüksek ve gayet rahat yaşıyorsun. Aradan bir zaman geçiyor ve görüyorsun ki işyerinde tuhaf terslikler olmaya başlıyor, kendini yoğun bir baskı altında hissediyorsun, ancak uzlaşmaya devam ediyorsun. Bir iki iş görüşmesi yapıyorsun ama maddi koşulları sahip olduğun işten daha kötü ve çalıştığın işte kalmaya karar veriyorsun. Çalıştığın ortam giderek geriliyor ve artık işten ayrılmak zorunda kalıyorsun. Ne yapacağını bilmeden, yeniden iş arıyorsun. Gel gör ki bütün kapılar yüzüne kapanıyor, tazminatın da tükenmek üzere ve sen artık isyanlardasın. Arkadaşların eskisi gibi aramıyorlar seni, ailen yüz çeviriyor, yalnızlaşıyorsun. Adeta otobanda ters yönde gittiğin hissine kapılıyorsun. Panikleyip, eski gelirinin yarısına razı olup evinden çok daha uzak mesafedeki bir işe girmek zorunda kalıyorsun. Daha küçük bir şirkette, birden fazla kişinin işini yaparak para kazanıyorsun.

İtirazların başladığı evredesin artık.

"Bu neden benim başıma geldi?"

"Bunu hak edecek ne yaptım?"

Oysa olay tam olarak ne zaman başladı dersin?

Elbette kendi işini kurmuş olan mutlu arkadaşına özenip o halin içinde yaşamak üzere verdiğin siparişle...

Sistem ne yaptı?

Öncelikle kendini değersiz hissettiğin işinden çıkabileceğin şartları oluşturdu. Sen buna gönüllü olmayınca da seni zorladı ve işten çıktın. Eskiyi değerli bildin ve eskinin peşinden gitmek istediğin için kolayca bırakamadın. Böylece desteğin ve kaynağın azaldı. O güne kadar para için çalışıyordun. Oysa arkadaşında özendiğin şey neydi? Ondaki mutluluk ve kendini değerli hissetme hali...

Arkadaşın da yaşadığı mutluluğu bulana kadar birtakım yollar kat etti ve çeşitli aşamalardan geçti. Sen onun ulaştığı sonucu görüyordun sadece... Oysa sistem bütünü görür, seni de o sonuca götürebilmek üzere harekete geçer ve seni aynı sonuca hazırlar, arzu ettiğin sonuca ulaşabilmen için alman gereken çeşitli dersleri sana öğretmeye başlar. Sen şu an "Kendi işinde mutlu ol," okulunun bir talebesisindir. Bu okuldan mezun olana kadar çalışacaksın demektir. Eskiyi yâd ettiğin sürece kaydını dondurur, mezuniyetini geciktirirsin.

Peki, yenilik hep zorluklarla mı gelir?

Sen kolaylıkla istediğinin sana verileceğine güvenerek çekiştirmeyi bırakabildiğinde, yeniyle buluşman da kolay ve hızlı olur.

Eskiye bağlandığın ipleri sıkıca tutmaya devam ettiğin sürece, yeni deneyimler seni düşürür...

Değişim süreçlerinde, itiraz ederek direnç gösterdiğin şeylerin seni getirdiği sonuçla buluştuğunda, "İyi ki böyle olmuş," dediğini hatırla.

Bedeni hastalanan, sağlığına öncelik ve değer vermeyi; ekonomik sıkıntı yaşayan, kendine ve yeteneklerine güvenip harekete geçmeyi; işsiz kalan çalışmanın kıymetini öğrenip iyiye yönelmeyi başarabilir, ya da eski haline özlem duyup şikâyetlerini çoğaltabilir. Sonuçta ihtiyacın olan sana verilir. Çağırdığın olaya direnç gösterirsen de olaylar kontrolden çıkabilir.

Kadersel Anlaşmalar

Sözünde durmayan bir insana karşı söylenen, "Söz ağızdan bir kere çıkar," ifadesi boş yere dile yerleşmiş bir deyim değildir.

Yazıya dökülmese de verdiğimiz sözleri yapamadığımızda içimiz rahat etmez. Parçası olduğumuz sistem de aynı prensiple çalışır.

Söz bir akittir ve bu akdi de ancak yeni bir akit değiştirebilir.

Bilerek ya da bilmeyerek sözlerin aracılığıyla hayatındaki insanlarla ya da eşyalarla çeşitli anlaşmalar yapmış olabilirsin.

"Seni hiç bırakmayacağım."

"Hep bir arada kalacağız."

"Onun anısı var, hayatım boyunca saklayacağım."

"Para beni bozar."

"Çok emek verdim bırakamam..."

Bu ifadeler, kadersel anlaşmalara verebileceğimiz örneklerden sayılabilir. Sözleri ifade eden başkası bile olsa, sen her birine "evet" dediğinde de anlaşmayı onaylamış olursun. Bu sözlerin altında artık bir imzan vardır.

Belki şu an farklı bir noktadan hayata bakıyor olabilirsin, altına imzanı attığın sözleri desteklemiyor olabilirsin ama anlaşma anlaşmadır. Çünkü söz ağızdan bir kere çıkar. Sistem, bugün onaylamadığın sözlerin onayını senden zaten almıştır.

Bir danışanım, istikrarlı bir ilişkisi olmamasından şikâyet edip duruyordu. Yaptığımız çalışmalar sırasında üniversite yıllarında birlikte olduğu sevgilisiyle geleceğe dair planlar yaparken ona, "Hep kalbimde olacaksın, seni hiç unutmayacağım, sonsuza dek sadece seninle birlikte olacağım," gibi ifadeleri sıkça kullandığını hatırladı. O dönem altına imzasını attığı bu sözler aracılığıyla, aslında sevgilisiyle kadersel bir anlaşma yapmıştı. Anlaşmayı henüz içinden tam olarak bozmadığı için farkında olmadan sözünü devam ettirmişti. Sonunda bu bağı fark edip kesmeye karar verdi. Sanki eski sevgilisi karşısındaymış gibi oturdu ve "Seninle yaptığım bütün anlaşmaları bitiriyorum," dedi, "yeniye ve yeniliklere kapımı açıyorum..."

Böylece eskinin kapısını kapattı.

Hayatındaki zorlanmaları ya da istemediğin deneyimleri sözlerinle çağırdığını fark ettiğinde, onları yeniden sözlerinle dönüştürme gücünü elde edersin.

Şakalarla ve Şarkılarla Hayata Davet Edilen Kader

En hızlı ve en etkili 'ifadeyle yaratım' alanları, zihnin en sakin olduğu anların içinde gerçekleşir. Bu esnada mırıldandığın şarkı sözleri bile, özel isteklerin ve arzuların olarak sistem tarafından bir emir gibi kabul edilir.

Mesela ayrılık şarkıları dinlendiğin dönemlerde, ayrılık acıları yaşayabilirsin. Neşeli ve mutlu edici şarkılar dinlediğin dönemler, en keyifli olduğun deneyimlere sahne olmuş olabilir. Etrafındakilerin hangi şarkıları sıkça dinlediklerini fark ettiğinde onların, gelecekte ne tür bir olay yaşayabileceklerini kolayca tahmin edebilirsin. Onları negatif söz içeren şarkılar dinlememeleri gerektiği konusunda uyarsan bile sana kulak vermediklerini görebilirsin. Çünkü şarkılarda ve şakalarda söz frekansıyla oluşturulan kadere kişinin ihtiyacı vardır.

Üstünde durulmadan ifade edilmiş sözler, sadece şaka olsun diye kurulan cümleler bile sistem tarafından dikkate alınır. Örneğin derse gitmemek için uydurulan hastalık bahaneleri kısa bir süre içinde hastalık deneyimi olarak gerçeklik kazanabilir.

Kısırdöngüler

Alışkanlıkla ve sıkça kullandığın kelimeler yüzünden, sürekli tekrarlayan birtakım olaylar zinciri oluşturabilirsin. Kendi ifadelerinle oluşturduğun bu kısırdöngüden kurtulmanın yolu ise, o sözleri hangi ihtiyaçla kullandığını ve o sözler aracılığıyla hayatında ne yarattığını idrak etmektir.

Kısırdöngülerden çıkmak için tekrar eden olayları ve bu olayları çağıran ifadeleri tespit etmek gerekir. Sonrasında hayatını hangi yöne götürmek istiyorsan, ifadelerini o doğrultuda seçerek, yaşadığın olayları değiştirebilirsin. Bazen sadece bir kelime değişir ve hayat dönüşür.

Olayları Okumak

Yaşadığımız olaylar bize bizi tanımlar. Karşılaştığımız insanların karakterleri, durumları, davranışları ve bize olan tavırları da aynı şekilde bizimle ilgilidir. Yani hayatındaki karşılaşmalar, sorunlar, hastalıklar, kazalar, tesadüfler, sahip oldukların, şahit oldukların tamamen sana aittir.

Hayatında yaşadığın ve seyrettiğin olaylar, senin kendi merkezinden kaynaklanmaktadır. Her olayın sebebi sensindir ve her olay sana bir şeyler anlatmak için karşındadır. Hayatı bir film sahnesi gibi düşün, senaryosunu düşüncelerinle yazmış, sözlerinle yönetmişsin. Bedeninle başroldesin. Çevrendeki yansımalar da yine kendi ihtiyacına göre biçip dağıttığın yan rollerdir. Varlığından oluşturduğun ve kendinden yansıttığın hayat sinemasını belki de sen de başkasının filmini izler gibi izliyorsun. Yönetmen koltuğunda oturan kişinin de sen olduğunu fark ettiğin an, hikâyenin sahibi olursun. Bu bilinç sana bir taraftan yaptığın seçimlerin sorumluluğunu yüklerken, diğer taraftan seni sahip olduğun gücü doğru kullanmaya sevk eder.

Yaşadığın her olayda, olayın merkezine kendini koy ve olayın sana ne anlatmak istediğine odaklan. Olayları doğru okuduğunda çözümler üretebilir, kaderinin kalemini dileklerin için kullanabilirsin.

Olayların da kendine göre bir anlatım dili vardır. Bu dil bazen renkler, şekiller, davranışlar ve sembollerle ifade bulur. Mesela çocukluğunda babanla ilgili anlatılan bir olay, sen bunu fark edip çözemediğinde ileriki yaşlarında başka bir erkekle, otoriteyle, kanunlarla yada oğlunla sana anlatılır. Aynı şekilde çocukluğunda annenle ilgili anlatılan bir olay, sen bunu fark edip çözemediğinde alman gereken bilgi ileriki yaşlarında sana bedeninle, anılarınla, ilişkilerinle veya maddi konularla anlatılabilir. Hayatın birliğini, düalite (ikili denge) prensibiyle okuyabiliriz.

Mesela arabasıyla işe gitmeye çalışan birine, trafikte bir başkası gelip arkadan çarpmış olsun. Bu kazada arabanın sağ fren lambası kırılmış diyelim. Ayrıca kaza yüzünden işine de geç kaldı.

Hadi gel, bu olayın okumasını birlikte yapalım şimdi:

Araba – Kişinin hayata bakışı ve realitesidir.

Arabanın arka kısmı - Kişinin geçmişidir.

Arabanın sağ arkası -Kişinin babasıyla olan ilişkisi, geçmişte yaptığı hayat planlarıdır.

Fren lambasının kırılmış olması – Kişinin geçmişte yaptığı gelecek planları yüzünden olayların akışını durdurmaya çalışmasıdır.

Dolayısıyla yaşanan bu kaza, yapan kişinin yaşadığı olaylarda hayatın kanunlarına ve otoriteye direndiğini, baş kaldırdığını anlatır.

Konuyu özetlersek; kişi, babasından miras kalan bilgi ve birikimleriyle yaptığı gelecek planlarını değiştirmeye direndiği ve kendine yeni hedefler koyamadığı için ilerleyememektedir, gelişimini durdurmaktadır. Bundan dolayı da işinde aksamalar yaşıyordur, diyebiliriz.

Olayları okurken merkeze kendini koy ve verdiğim tablodaki sembolleri yerlerine yerleştir. Bir yapbozu tamamlar gibi dikkatle olayın sonucunun sana ne anlattığına odaklan.

***

Diyelim ki bisiklet kullanan bir çocuğa araba çarptı ve etraftaki insanlar, çocuğa yardım etmek için onun yanına koştu. Olay, arabayı kullanan açısından da çocuğa yardıma gelen doktor açısından da çocuğun annesi, kazayı gören hamile kadın ve kazaya uğrayan çocuk açısından da farklı etkilere sahiptir.

Bir olay olup bittikten sonra, ancak bilgisini aldığın ana ait kalır. O güne kadar biriktirdiğin bilgi, yargılarını, olayla bağını ve bakış açını etkileyebilir. Olaya olan yaklaşımına göre geleceğine dair bir aktarım yaparsın. Sistem şahitlikten düşüp olaya dâhil olmak isteyenlere yargılamayı bir pasta gibi sunar, o pastadan yediği ölçüde aynı pasta defalarca ona servis edilir. Şahitlikte kalarak olayın bilgisini alanlara, hayat ne istemediklerine karar vermeleri için, olay aynasında, bu deneyimi onlara seyrettirmiştir.

Peki, nedir bu örnek olayın bilgisi?

Kazayı yapan şoför açısından*; dikkatsiz ve aceleci davranmanın pişmanlığı içinde bu hali bırakmaya karar verir. Bunun tam tersi aniden önüne çıktığı için çocuğu ve ona sahip çıkmadığını düşündüğü annesini suçlayabilir.*

Kaza geçiren çocuk açısından*; dikkatsiz davrandığı için başına gelen bu olaydan ders alıp, dikkatli davranmaya karar verebilir. Bu olayı görmezden gelir, olayın bilgisini alamaz ve kazanın şokunu üzerinde taşıyabilir. Tekrarladığı anılarının arasına bu olayı da ekleyebilir. Olayda kendini suçlu hissedebilir, pişmanlık duyabilir, cesareti kırılabilir, ürkek ve korkak olabilir. Artık sadece ona söyleneni yapar hale gelebilir.*

Kaza geçiren çocuğun annesi açısından; *bu olayda çocuğunu eğitirken yaptığı yanlışlıkları görebilir, olayın dersini alabilir, çocuğunu doğru yönlendirmeye karar verebilir. Bu olaydan bambaşka bir sonuca da ulaşabilir, kendini suçlar, şoförü suçlar, çocuk bakımında ona destek olmayan kocasını, hatta kaza yapan çocuğunu bile suçlar. Olaya kızmaya devam edebilir. Bu kazadan sıklıkla bahsedebilir ve olayın dersini almadığı için bir kısırdöngü oluşturabilir.*

Kazayı gören hamile kadın açısından; *çocuk yetiştirirken ne yapmayacağına karar verebilir.*

Kazayı yargılayanlar açısından; *olayı izlemekten çıkarak, tarafları haklı ya da haksız diye ayıranlar için, olaya baktıkları bakış açısı, geleceklerine yönelik farklı izler bırakır. Bir olayın şahitleri, yaşayanları ve işitenleri, aynı zamanda o olayın ısmarlayıcılarıdır. Gerçekleşen her olayda yedi milyarda bir bile olsa hepimizin payı vardır.*

Geçmişte yaşadığın olayı değiştiremezsin, fakat yaşadığın olayla bağını ve olaya karşı bakış açıcını değiştirerek kendini dönüştürebilirsin. Geçmiş değişmemiş, aynı kalmıştır ama senin üzerindeki etkisi böylece değişmiş olur. Birçok fobinin ve travmanın iyileşme anahtarı buradadır.

Yaşadığı olayları kendinden ayırıp, dışarıyı suçlayarak bulundukları mekânları, işleri, ilişkileri hatta ülkeleri bile terk eden bir sürü insana sen de şahitlik etmişsindir. İş değişmiştir, eş değişmiştir, ev değişmiştir ama sorun diye görülüp kaçılan şey de kişinin sırtında gittiği yere onunla beraber taşınmıştır.

Temizlik konusunda fazla hassas bir arkadaşım vardı. Bir gün İstanbul'da ciddi bir temizlik sorunu olduğundan söz ederek, "Bu şehirde hijyen yok. İstanbul temiz bir şehir değil. Her yer, her şey mikrop içinde..." dedi. Meğer kendine göre bir araştırma yapmış. Gezip gördüğü ülkeler arasında en temiz, en hijyenik yaşamın Singapur'da olduğuna karar vermiş. "Her şeyi harika," dedi, "çok temizler. Neredeyse mikropsuz bir ülke..."

Birkaç hafta sonra yine Singapur'a seyahat edeceğini söyledi. Ben de ona, "Hijyen işini kafanda çözemediğin sürece kendinle beraber, gittiğin her yere bu sorunu taşırsın," dedim.

O Singapur'a gittikten kısa bir süre sonra ülke kuş gribi virüsü yüzünden karantinaya alındı.

Arkadaşım aylar sonra beni aradı, "Sorma başıma gelenleri," dedi, "kuş gribinden sokağa çıkamıyoruz. Evde bile maskeyle dolaşıyoruz. Türkiye'ye geri dönme kararı almak istiyorum ama karantina yüzünden havaalanına bile gidemiyoruz. Hey gidi gözünü sevdiğimin kedileri, mikropları, toprakları... İstanbul'u çok özledim." Türkiye'ye döndükten kısa bir süre sonra hijyen onun için takıntı halinden çıkıp normal bir hale dönüşmüştü.

Yaşadığın olayların içinde birbiriyle alakasız gibi görünen ve ilişkilendirmekte zorlandığın her türlü durum, aslında görünmez ağlarla örülmüş bir düzenin parçasıdır. Hiçbir şey sebepsiz yere ve tesadüfen gerçekleşmez.

Kâinat her birimizin isteğini ve dileğini bizim adımıza gerçekleştirirken, sonsuz varyasyonlar içerisinde muazzam bir düzenle işler.

Ekonomik Olayların İçindeki Mesajlar

Maddi konularla ilgili yaşanan sorunların kökü aslında bedenle, parayla ve kadınlarla olan iletişim biçimiyle ilgili, geçmişte edindiğin ve devam ettirdiğin bakış açısında gizlidir.

Bedenine hoyrat davrandığında kendini bedenine karşı borçlu hissedersin. Kadınları kategorize ettiğinde kadına, başkasının bedenine yargıyla yaklaştığında o bedene, etrafındakilere verdiğin değeri onların gücüne ve maddi durumuna göre belirlediğinde onlara, birine minnet veya medet duyduğunda kendi hayat planına karşı borçlusundur.

Özellikle annenle kurduğun bağda seni yeterince beslemesi ya da beslememesi, sana kendini güvende hissettirmesi ya da hissettirmemesi, seni ve senin yaptıklarını onaylaması ya da onaylamaması ekonomik durumunun gidişatını belirler. Anneyle olan bağ sağlıklıysa ekonomik refah içinde olursun. Değilse bu ekonomik sorunları hayatına çekmeye devam edersin.

Şu ana kadar sıraladığım örneklerden herhangi birine odaklanarak sorunun kaynağını bulduğunda ve çözümlediğinde diğer tüm alanlarda da değişim başlar.

Uygulama:

Kadınlara olan yaklaşımına ve onlarla olan ilişkilerine nasıl bir katkı sağlayacağına bakıp iyileştirmek için bir plan yap. Kadınları yargıladığın herhangi bir konu saptadığında, bu alanı terk etmelisin. Hatırla ki kadınlara karşı yaklaşımın, kendi bedeninle ve hayata yaklaşımınla aynı frekansta titreşir.

Çözümlerin ne olabilir?

1. Bir kız çocuğunun okumasına katkı sağlayabilirsin.
2. Bir kadının günlük iş akışını kolaylaştırabilirsin.
3. Yargıladığın veya daha önce dedikodusunu yaptığın bir kadına bir hediye alarak onu sevindirebilirsin.
4. Kadınlarla, hatta hayatına girmiş bütün kadınlarla barışabilirsin. Onlarla itişen taraflarından özgürleşip, uzlaşma yapabilirsin.

Uygulama:

Kendi bedenine ve başkalarının bedenlerine yargıyla bakıyorsan bakış açını iyileştirmek için bazı uygulamalar yapabilirsin. Bedeninle kadına ve maddeye karşı yaklaşımın, benzerlik gösterir.

1. Sağlıklı bir beslenme düzenine geç. Bedenine sunacağın yiyeceklerde senin için neyin faydalı neyin zararlı olduğunun farkındalığıyla bedenine özen göster.
2. Fiziksel olarak harekete geç. Sabah erken kalkıp günü dinç ve kucaklayarak karşıla.
3. Sağlığın için her gün yürüyüş yap.
4. Egzersizlerle bedenini harekete geçirmenin, hayatının diğer alanlarında da hareketi başlatmak olduğunu hatırla.
5. Bedeninde nefesinin ulaşmadığı noktaları tespit et ve bu noktalardaki tıkanıkları açarak oksijen yolla.
6. Uyku ve çalışma ritmini dengele.
7. Sadece kendinin değil, başkalarının bedenine ve beden sağlığına da özen göster.
8. Bedenini sev ve ona kibar davran.

Ekonomik konularla beden ve kadın ilişkisinin ne bağlantısı olduğunu sorguluyor olabilirsin. Oysa her biri ortak bir frekansın parçası... Bütünsel tıpta ciltteki sivilce, karaciğerdeki yağlanmayı haber verir. Sivilceden kurtulmak için karaciğeri temizlemekle beden ve ekonomik koşullar arasındaki dengeyi kurmak arasında hiçbir fark yok.

'Olan'a dikkatli bak...
Olan her zaman doğruyu söyler.

Bugüne kadar yaşadıkların, seyrettiklerin ve hissettiklerinin toplamının adı OLAN'dır. Hepsi senin sözlü taleplerinle ve onayınla gerçekleşmiştir. O halde şunu diyebiliriz: Olmuş olan, senin gerçek ihtiyaç ve durumuna göre şekillendiği için her zaman doğruyu söyler. Zihin türlü bahanelerle buna karşı çıksa da bugüne kadarki çalışma ve deneyimlerimiz her birimizin hayatına davet ettiği olaylarda bizzat kendi payımız olduğunu gösterdi. Herhangi bir olay okumasını, "Olan doğru söylüyor," ilkesiyle yaptığında, çok net ve şaşırtıcı sonuçlar aldığını göreceksin.

***

Gülen ve neşe içinde oyunlar oynayan bir çocuk herkesin ilgi odağıdır. Etrafındakileri, hareketliliğiyle ve neşesiyle besler. Mutlu hissetmenin, neşeli olmanın çekici bir etkisi vardır. Mıknatıstan farksızdır. Çocuk nedensiz yere ağlayıp, söz dinlemediğinde gördüğü ilgi ve onaylanma hali değişir. Çocuğun etrafında oluşan mıknatısın çekici etkisi ters döner ve itmeye geçer. İhtiyaçlarını ifade edemediğinde ve huysuzluğu tatmin bulmadığında çocuğun hem kendi huzuru kaçar hem etrafındakilerin.

Hepimiz ihtiyaçlarımız karşılandığında mutlu oluruz, frekansımız iyileşir, bize doğru bir çekim başlar. Yaşadığın duygunun yaydığı titreşim neyin sana doğru geleceğini, neyin senden uzağa gideceğini belirler. Çiçeklerin güzel kokular yayması ve renkli görüntülerindeki davetkârlık; frekans olarak sevinç, neşe, dinginlik, güvende olma hali, eminlik ve güzellik çağırır ki bu da iyileştirici bir etkileşimdir.

Yüksek sesler, öfkeli tavırlar, kızgınlık halleri, karamsarlık, keder, saldırgan tavırlar ve endişe yaratan olaylar; uzaklaşma ihtiyacı hissettirir.

Mutlu olma hali, ihtiyaçların karşılanıp çözümle buluşma anındır. İhtiyaçların karşılanmaması öfke, kızgınlık ve itirazları doğurur. Oysa sistem her zaman talepleri karşılar. Neye ihtiyacın olduğunu belirlemek önemlidir ancak daha da önemlisi talep ettiklerin sana sunulduğunda bunları kabul edebilecek halde olmandır. Talep ettiğinle buluşamadığında da içinde direnç oluşur. Bu dirençse öğrendiklerin, geçmiş deneyimlerin, duygu bağlantıların ve yeniliğin seni ürküten yüzüdür. Her ne kadar yeniyi çağırsan da yeni, eskinin terk edilişidir. Yenileyemediğin alanlarda, eskide kalma isteğin vardır. Zihnin seni eskiye bağlı olmadığın konusunda ikna etmek isteyebilir ve "Talep ediyorum ama olmuyor," diyebilirsin. "İstemediğim ne varsa onu yaşıyorum," da diyebilir, olana ve sisteme itiraz edebilirsin.

İçinde herhangi bir konuyla ilgili yıkıcı bir duygu varsa orada itirazların vardır. İtirazların varsa, kabul edemediklerin vardır. Sistemin seni besleyebilmesi ve ihtiyaçlarını tam da istediğin şekliyle verebilmesi için senin onayın gerekir. Bu onayın diğer adı kabuldür.

Sunulanların mesajını doğru okuyup, direnci kaldırdığında, "Ne iyi olur," dediklerin de gerçekleşir.

Karnı aç olduğu için ağlayan bir çocuğun yemek yiyebilmesi için önce sakinleşip, susması gerekir. Senin de senden yansıyanı kabul etmen, sakinleşmen demektir.

***

Bir danışanım fazla kilolardan şikâyetçiydi. İstediği tek şey incelmek ve hoş görünmekti. Kilolarının sorumluluğundaki duygu, halet ve davranış sorumluluğunu üstlenmiyordu. Yerinden kımıldamadan benim ona sihir yapıp inceltmemi istiyordu. Bu hale onu getiren sebepleri kabul edemiyor, olana itiraz ediyordu. Danışanımın davranış kalıplarını ve yeme biçimlerini birlikte gözden geçirdik. Kendini baskı altında hissettiğinde ve bundan kaçamadığında yeme dürtüsünü kontrol edemediğini, hayattan tat alamadığı için sürekli tatlı tükettiğini tespit ettik. Kontrol edemediği bir öfkeyle sanki kendinden öç alırcasına yemek yediğini de kabul etti. Beslenme şekli ve bedendeki sorunu, annesine işaret ediyordu. Anne sembolizmde maddi konular ve üretkenliği anlatır. Bu noktadan bakınca maddi konularla ilgili ailesine bağımlı olduğunu, ailesinin sunduğu konforu kaybetmekten korktuğu için kendi başına bir iş yapmaya cesaret edemediği de ortaya çıktı.

Bana geldiğindeki talebi incelmek isteği doğrultusunda olsa da aslında tam olarak istediği şey, yetenekleriyle özgürce kendini ifade edeceği bir kariyerdi. İlerleyen haftalar içinde hızla kilo vermeye başladı. Önce kilo veriyor olmasının nedenlerini anlayamadı, bunu benim yaptığımı düşündü.

"Korkularınla yüzleşecek cesareti gösterdiğin için oldu," dedim. "Bastırdıklarının açığa çıkmasına müsaade ettin, şimdi alıştığın ve yayıldığın o konfor alanından çıkmaya hazırsan, korunmak için üzerine giydiğin bu kilo paltosunu çıkarabilirsin. Bunların hepsi senin dönüşümün için sisteme kapıyı açmaya karar vermenle mümkün oldu. Kapıyı açan da mucizeleri başlatan da iradendir. Şimdi incelmek ve kendi yeteneklerini çıkarman için atacağın adımlarda daha da özgürsün." Bedenini iyileştirmek için ona verdiğim beslenme ve detoks programlarını harfiyen uyguladı. Her gün, düzenli şekilde yürüdü, sonra bedenini esnetici çeşitli sporlar yaptı, bedenini sevmeye başladı ve üzerindeki baskıyı attıkça kilolarından da kurtuldu.

Kendine ve sisteme olan inancı, yeteneklerinin açığa çıkmasına izin verdi. Yeteneklerini ortaya koydukça mucizeler ardı ardına geldi. Şimdilerde alanında tanınmış, takdir gören bir kişi oldu. Ailesinin ona sunduğu konfordan çok daha iyisini, kendi becerileriyle sağladı.

Kendinle ve etraflarındakilerle ilgili olay okumaları yaparken, önce gelinen durumun o anda hangi ihtiyacı karşıladığına odaklan. Olayları buraya getiren bağlantıları gör. Her sonucu doğuran bir başlangıç olduğunu hatırla. Sonuçla başlangıcı buluşturduğunda bütünü görebileceksindir. Sonucu değiştirmek istiyorsan beslendiği kaynağı bulup yönünü değiştirebilir ya da bağlantıyı kesebilirsin.

Duyguları Okumak

Hissettiğin duygular seni, sana tanımlar. Hangi duyguları ve halleri yaşıyorsan, bunlar senden yayılan titreşimleri oluşturur. Bu titreşimlerin izleri, hayatına davet ettiklerini belirler. Ilık bir meltem gibi esen duygular, etrafında ferahlama hissi yaratırken, bir kasırganın sertliğiyle esen hisler etrafı darmadağın eder.

Bazen biri konuşurken öfkenin kokusunu alırsın, bazen birini dinlerken onun korkusunu hissedersin. Henüz kavga başlamadığı halde rüzgârı ortalıkta esmeye başlar. Yani tarafların konuşmasında çatışmaya davet vardır aslında. Birbirini kucaklayan insanlar, özlemin titreşimini nasıl hissedilebiliyorsa, gözden kaybolan çocuğunu arayan annenin tedirginliği de yanındakilere yansır.

"Neden bunları yaşıyorum?" yada "Neden hayatımı iyileştiremiyorum?" sorularını sorduğun zaman yaydığın duygu frekansıyla yaptığın yayınlar vardır.

Öfke duygusunun frekansını taşırken çatlayıp boğulan sesinle hayatına davet ettiklerinin arkasında, olumsuz düşünce kalıpları vardır. Sen hayatın için iyi bir şey istediğini zannederken, aradan öyle bir ifade çıkar ki, her şeyi yıkabilir. Duygu frekansın, öfkenin yaktığı ateşten çıkan dumanla yaşadıklarını görmene engel olur.

Korku titreşimiyle istediklerin, olmasından korktuklarını hayatına çekebilir. Yaptığın yayın, "Korku!" diye bağırmaktadır. Sen faydalı ile faydasız olanı ayırt edemez hale gelirken, böbreklerin, kulakların veya kemiklerin de yaydığın frekanstan olumsuz etkilenir. Senden yayılan duygu frekansının hangi olayları ve hastalıkları hayatına çektiğini fark ettiğinde, seçimini mevcut durumu iyileştirmek ya da devam ettirmek için yapabilirsin.

Bir orman yangınında sadece ateşe odaklanır,
onu besleyen ağaç ve havayı görmezden gelirsen,
yangını söndüremezsin.
Başta zaman ve emeğin olmak üzere
kaynaklarını bu uğurda kaybedersin.
Yangını söndürmek için
onu besleyen unsurları ortadan kaldırdığında
ateşle savaşın biter.
İstemediğin sonuçlardan özgürleşirsin.

Bir olay seni öfkelendiriyorsa, öfke duygusu senden çıktığında sana geri döner. Tıpkı bumerang gibi... Fakat benzerlerini toplayarak ve çoğalarak geleceğini de hatırla. Ne zaman ki öfkenin kaynağını ve sebebini fark edersin ve o enerjiyi bükme yetkisini kullanırsın, işte o zaman gerçek bir dönüşümden söz etmek mümkün olur. Kısacası sen olanı fark ettiğin an, artık o duygu bağına ihtiyacın kalmaz.

Öfkenin olduğu yerde duman tüter ve duman kendini görmene engel olur, yolunda ilerlemene ve sevgiyi hissetmene izin vermez. Kendini göremediğin, sevgiyi hissedemediğin için onaylanma ihtiyacın ortaya çıkar. Onaylanmak ve ilerleyebilmek için başkalarının kontrolüne girmek istersin. Dışarısı senden önemli hale gelir. Bu bir tür güdülme halidir. Kendi merkezinden, sevgi bağından uzaklaştıkça öfke artar ve bir kısırdöngü oluşur. Ne zaman ki duyguların tarafından idare edildiğini anlarsın işte o zaman istemeden yaşadığın olayları neden yaşadığını görür ve sonlandırırsın.

Travmalarından dolayı oluşmuş ve seni yönetmeye başlamış bir takım olumsuz duygu bağımlılıklarına sahip olabilirsin. Kendini ve çevreni tanımlarken kullandığın ifadelere odaklanman bu yüzden çok önemlidir. "Böyledir," dediğin sürece inan ki öyle devam eder. Dönüşümü; ancak ifadelerini ve davranış kalıplarını değiştirerek gerçekleştirebilirsin.

Kendini tanımlarken

"Öfkelenirim."

"Kızarım."

"Sinirlenirim."

"Bunu yaparsa affetmem."

"Ben ne dersem o..."

"Üzülürüm."

"Acırım."

"Nefret ederim."

"Gıcık olurum."

"Tahammül edemem."

"Şu beni deli eder."

"Kahrolurum."

İfadelerini sıklıkla kullanıyorsan, bil ki duygularının içine yerleşerek karar verdiğin sabit tutumların vardır. Sen bu ifadeleri kullanmaya devam ettikçe, ifade ettiğin bu durumlar da hayatında çoğalır.

Uygulama:

Yedi gün kendini dinle, sıklıkla tekrar ettiğin kelimeleri not al.

Sıkça kullandığın kelimelerle hayatına neler çektiğini tespit et ve karşılarına yaz. İçlerinden bırakmak istediklerine karar ver.

Yirmi bir gün ifade orucu yap. Kendini arındırdığın ifadeler ağzından istemeden çıktığında on dakika sus ve ifadeni dinlendir. Yirmi bir günün sonunda arınmış halini yedi gün izle. Yaşadığın değişimleri defterine yaz. Başladığın yerle, vardığın noktayı karşılaştır. Başarını takdir et.

İfadelerinde Sadeleş, Hayatın İyileşsin

Olumsuz duygularda olduğu gibi olumlu duygularda da aynı çekim gücü vardır. Yani sevinç, neşe, mutluluk gibi olumlu enerjiler, memnuniyet verici olayları ve insanları toplar. Mutluluk üretiyorsan, gülümsüyorsan, hayatına mutlu enerjileri çekersin. Potansiyelin neyse, potansiyelinin yaratacağı çekim gücü de aynıdır. Samimiyet ya da samimiyetsizlik sadece bizim tarafımızdan değil sistem tarafından da fark edilir.

İyileşmeye niyet edenin mahsulü mutluluktur.

İçeride cennet varsa, dışarısı da cennet olur. Cennet sana birileri tarafından ikram edilmez. O içeride yaşanan bir haldir ve bu hali gittiğin her yere taşırsın. İster ülke değiştir ister kıta değiştir, hiç fark etmez. Gittiğin her yere kendini götürürsün. Yansıttığın enerji her nerde olursan ol, seni takip eder.

Kendini fark ederek, hangi enerjileri ve duyguları, hangi sebeplerle hangi alanlarda oluşturduğunu görebilirsen, bu görüşle birlikte bu durum, sana 'dönüştürme hakkı' da verir.

Davranışlarımız ve hareketlerimiz, hallerimizden ve haletlerimizden kaynaklanır. İçeride yaşadıklarımız, aynı zamanda rüyalarımıza da yansıtacaklarımızdır. İçimizde hangi duyguları yaşıyorsak, dışarıdaki olaylara tepkilerimiz de ağzımızdan çıkacak olan ifadelerimiz de bununla ilgilidir. İşte bu yüzden halimizi, haletimizi, duygumuzu ve duygularımızın yansımalarını fark ederek dönüştürdüğümüzde hayatımız da dönüşmeye başlar.

Olumlu ya da olumsuz duyguların çekiştirmesiyle çeşitli dalgalanmalar oluşur. Kontrolcü olma, hüzün, üzüntü, korku ve endişe dalgalanmaları; hem aurayı, enerji bedenini, titreşimlerini, düşüncelerini hem de bedenini olumsuz yönde etkileyebilir. Duygular dinginleştiğinde ise huzur gelir. Hayatın içindeki algılarını ve kavramlarını oturttuğunda, fark edişlerinle seyre geçebildiğinde, şahitlik mertebesine ulaşabildiğinde, hal ve haletlerin olgunlaşır. Bedende başlattığını hayata, olaylara ve duygulara ileterek olanla olan bağını bükebilir. Böylece dönüşümü başlatabilirsin.

Uygulama:

'Azalt – çoğalt' sistemiyle bir aylık bir değişim programı uygula ve hem bedeninde hem de duygularında olanı takibe al. Başlarken ilk gün niyetini not al ve bir ayın sonunda değerlendirme yap.

"Bedenimin, sağlığımın ve hayatımın iyileşmesine niyet ediyorum."

1. Hafta

Beslenme düzeninden unlu mamulleri bir hafta boyunca çıkar. Yerine proteinli besinler koy.

2. Hafta

Hayatından şekeri ve şeker katılmış tüm yiyecekleri çıkar. Yerine günde 1 adet elma tüket.

3. Hafta

Hayvansal gıdayı beslenmenden çıkar. Baklagiller, hububat ve sebze miktarını arttır.

4. Hafta

Et ürünlerini, süt ve süt ürünlerini beslenme programından tamamen çıkar. Yerine zeytinyağlılar, çiğ sebzeler ve meyve tercih et.

Dört haftanın sonunda bir tam gün boyunca sadece sıvıyla beslen. Tanesiz çorba, sebze suları, su ve bitki çayları tüket.

Uygulama:

Sabahları yarım saat erken kalk. On beş dakika yürüyüş, on beş dakika esneme hareketleri yap. Dışarıda yürüyüş yapma imkânı yoksa pencereyi aç ve esneme hareketlerini uygula. Derin nefes alıp ver. Aldığın oksijenin, akciğerlerinin her zerresine ulaşabilmesine müsaade et.

Sabah ve akşam üçer dakika sakin bir yere otur. Gözlerini aç ve hiç kımıldamadan, etrafı yorumsuz şekilde, yargılamadan izle. Dilersen bu yargısız izleme sürecini birkaç dakika daha uzatabilirsin.

Gün içinde içtiğin suyun miktarını takip edebilmek için bir ölçü kabın olsun. Su ve bitkisel çay tüketimini arttır. Kahve ve asitli sıvı tüketimini azalt.

Gece sessiz bir ortamda beş dakika boyunca gözlerini kapat, ellerini kalbinin üzerine koy ve ritmi dinle. Kendine, ellerinin altında atan kalbine ve o kalbi attırana yönel, kendini onun sevgisine aç.

Bir gününü kendine ayır. Bolca su tüketerek dinlen ve iç sesini dinle.

Sevgi Mutluluğun Kaynağı, Yaşamın Var Oluş Kanalıdır

Sevgi, yaşamla kucaklaşmadır. Bir oluş, buluşma ve yaşamın devamlılığının besinidir. Doğanın ve yaşamın işleyişine şahitlik ettikçe, çiçeklerin arıları kendilerine çekebilmek için güzelleşmelerini gördükçe, aynı çiçeklerin yok olarak besledikleri doğada nasıl form aldıklarını, her bitişin bir başlangıcı doğurduğunu seyrettikçe Yaradan'la buluşursun. Kendini o akışa ve sevginin kapsayıcılığına açarsın. Başını dışarıda iyiliğe ve güzelliğe çevirince iyileşmeye ve hayatını dönüştürmeye olan inancın artar.

Sevgi enerjini yükseltmek için çocuklarla zaman geçir, onların sorularını cevapla, oynadıkları oyunlara katıl, içindeki çocuğun ortaya çıkmasına müsaade et, mutlu ve gülen insanlarla birlikte ol, evinde çiçek açan bir bitkin olsun. Aynanın karşısına her geçtiğinde gülümse, kendine selam ver. Tek başına çözemeyeceğin bir sorunla karşılaştığında çözüme odaklan, hayalinde o konuyu çöz ve sisteme güven, düşünceni bir bulut gibi evrene yolla ve o bulutun çözüm yağmurları getireceğinden emin ol.

İyileştirme çalışması

Bir organında herhangi bir rahatsızlık ya da hayatında bir sorun tespit ettiğinde öncelikle bu sıkıntılı hali bırakmaya niyet ettiğini ifade etmelisin. Yalnız kalabileceğin sessiz ve sakin bir yere otur, gözlerini kapat, birkaç dakika boyunca nefesine odaklan. Derin nefesler alıp ver. Dudaklarınla bir tebessüm yerleştir. Bütün yüz kasların gevşesin. Dudakların sessiz bir kahkaha atarken, sen gözlerine odaklan ve gözlerinin içiyle gülümse. Gözlerindeki kahkahayı kalbine taşı. Kalbin her attığında içindeki kahkahayı damarlarına aktarsın, damarlarındaki kan gülümsemeyi bütün bedenine taşısın. Yüzün ve kalbin kahkahalarla güldükçe, bu hal tüm bedenine yansır. Sonra iyileştirmek istediğin organına odaklan, iç gülümsemeni ona gönder ki o da kahkahalarına katılsın.

Rüyalar, kâinatın kullandığı sembolik bir dildir.

Hayatı Rüyalar Üzerinden Okumak

Rüya, yeryüzünde yaşadığın hallerin, durumların, ifadelerin ve olayların özündeki bilginin kâinat diliyle ve sembolik bir dille ruhuna ve özüne raporlanmasıdır.

Diğer bir deyişle rüya, yaşadıklarına kattığın yorumundur. Hayatının yorumu rüyalarındır.

Rüyanın mesajı rüya sahibinedir, rüyada gördüğün her kim olursa olsun öncelikle sana bir mesaj iletir.

O halde rüya nasıl meydana gelir?

Diyelim ki pazara gittin ve çeşitli sebzeler satın aldın. Yaptığın alışverişle akşam için yemek yapacaksın. Yemeğine katacağın şey sadece pazardan aldığın sebzeler olmayacaktır kuşkusuz. İçine baharatlar, tuz ve daha niceleri girecektir. Yani yemek sadece sebzelerle değil, senin katacağın yorumla lezzetlenecektir değil mi?

Rüyalar da böyledir işte. Hayat içerisinde kullandığın çeşitli ifadeleri, duyguları ve olayları pazardan sebze alır gibi toplar, yemek yaparsın. Rüyanda gördüklerin, yaşadıklarının yansımasıdır. Eğer gündelik hayatında ifade, olay ve duyguyla topladıkların patates, pırasa, soğan ve havuçtan oluşuyorsa, rüyanda da bir pırasa yemeği yaparsın. Rüyanın lezzeti, senin ruhundan katacaklarınla belirlenir. Bu noktadan itibaren, ruhuna ve varlığına sembolik dille aktarılan şeylerden kendini tanımlayabilirsin.

Rüyalarından rehberlik alabilirsin. Hiçbir rüya boş yere görülmez. Rüyalarda anlamsızlık ya da saçmalık yoktur. Çünkü her ifade, senden yansıyan bir halin kâinat nizamındaki harfidir. Ne var ki sana aktarılan bu harfi doğru okumadığında, gördüklerin saçma sapan şeyler gibi gelebilir sana. Bir bebeğe çok değerli bir kitap gösterdiğinde, bebek elbette kitabın içeriğiyle değil, rengiyle ilgilenecektir. Bebeğin elindeki kitap sadece kırmızı renkli bir nesnedir. Algılayabildiği tek şey, rengidir. Bebek ancak büyüyüp okuma yazma öğrendiğinde kitabın içeriğine ilgi duyup anlayabilir.

Senin de rüyalarında gördüğün her obje ve her sembol, aslında rüyaya yerleştirilmiş birer harftir.

Diyelim ki rüyanda eski bir mabet ya da medrese gördün. Bu sembol, senin eski bir realitenle ilgilidir. Yani anlayış kurduğun bir mekânla bağlantılıdır.

Bazı rüya yorumcuları sembolleri kategorize ederler. Mesela, "Rüyada köpek görmek düşmanlıktır," gibi genel ve kesin bir yorum ortaya koyarlar. Oysa köpek, rüya içinde sadece bir harftir ve bu harfe sadece tek bir anlam yüklemek mantıklı değildir. Köpeğin rengi, boyu, yanında kimler olduğu, nerede durduğu, rüya sahibine ne hissettirdiği, rüyadaki diğer harflerle bağlantısının ne olduğu rüyanın yorumunu baştan aşağı değiştirir.

Bu bağlantıları kurmadan rüya yorumlamak, eksik bir anlamlandırma olur. Rüya her ne kadar bizim hayatı yorumlama şeklimiz olsa da rüyanın içindeki sembolleri yan yana getirerek değerlendirme yapmak ayrı bir sanattır.

Rüyaların sembol dilini ne kadar iyi öğrenirsen, aktarılan bilgiyi o kadar iyi anlarsın ve çözümlemelerini yaparsın.

Olayların dilini okumakla rüyaların dilini okumak birbirine benzer.

Yeri gelmişken rüyalarla ilgili basit kavramlardan bahsedelim:

*Rüyanda, yatay bir enerji görüyorsan, yani birisi yatar pozisyondaysa ya da bir kedi görüyorsan ya da rüyanda bir kadın varsa, bir kız çocuğu görüyorsan ya da karanlıkta olduğunu görüyorsan bunların hepsi geçmişe dair anılar, izler ya da maddi konularla ilgilidir. Dişi prensibin üyesi olan bu semboller bedenine de işaret eder.

Eğer hareket halinde semboller görüyorsan ya da bir erkek çocuğu, baba ya da bir erkek görüyorsan geleceğinle ilgili konulara işaret eden bir rüyadan mesaj alıyorsundur. Eril prensibin üyesi olan dikey şekiller, tırmanış halinde olmak, yükselmek de yine ilerleyen zamanlarda olacakları ve ilhamları anlatır.

*Rüyadaki her renk ve sembol farklı bir şey anlatır.

*Rüyadaki bütün mekânlar, kendini konumlandırdığın alanları, dişil prensibin konularını ve hayatın içinde olagelenin sana yansımasını anlatır. Diyelim ki bir apartmanda olduğunu gördün. Asansördesin, yanında iş yerinden bir erkek var ve asansör hızla düşmeye başladı. Bu rüya, senin iş hayatında hızla düşmekten ya da işini kaybetmekten korktuğunu anlatır.

Farkındalık, hayat rüyalarından, olay rüyalarından, ifade rüyalarından ve ruhsal rüyalardan uyandırır.

Rüyalar da tıpkı olay aynası gibi seni sana anlatan ve aktaran hallerden biridir. Ne var ki tam olarak kavrayamadığında yorumlamakta zorlanabilirsin. Yine de rüyalarını kayıt altına alman önemlidir, böylece rüyalarını hatırlaman kolaylaşır. Rüyaların dilini öğrendikçe yorumlaman da kolaylaşır.

Rüyada gördüğün kişiler de sembol diliyle mesajlarını aktarır. Bir arkadaşını rüyanda gördüğünde, ona telefon açıp, "Biliyor musun seni rüyamda gördüm, şöyle şöyle yapıyordun," demeden önce hatırlamalısın ki rüya önce onu görene mesaj iletir. Sonra gördüğün kişiyle bağlantısı kurulur. Yani **rüyada gördüklerimiz, bizi bize anlatır.** Rüyadaki arkadaş da su da deniz de aslında senin için sana aktarılandır. Tıpkı yaşadığın olaylar gibi... Çünkü hayattaki ifadeler, olaylar ve kazalar da yine seni sana anlatmak içindir.

Rüyalarını hatırlamayanlar da vardır elbette. Bunlar genellikle ruhuyla kurduğu bağlantıyı bir miktar azaltmış olanlardır. Özünden aktarılanı duymazdan geliyorlardır. Gerçekten duymaya ve dinlemeye başladıklarında onlara rüya kapısı yeniden açılacaktır. Rüyalar önemli bir rehberlik alanıdır.

Kısacası bütün rüyalar, ruhuna ve özüne yolladığın faks iletileridir. "Benim halim budur, ben gündüz bunları yedim içtim, halim nicedir?" diye yolladığın ve cevabını beklediğin mesajlardır. Ruhsal hayatının ne halde olduğunu rüyaların aracılığıyla yine ruhunla yorumlarsın. Bu yüzden, rüyaların hem okunması hem fark edilmesi gerçekten çok önemlidir.

2. BÖLÜM

ZİHNİN REHBERLİĞİ

Beyni Doğru Programlayarak Ruhu Beslemek Mümkün

Merdivenden nasıl indiğini düşündün mü hiç? Basamakları hızla inerken, bunu nasıl gerçekleştirebiliyorsun? Bu emri bedenine nasıl veriyorsun?

Beyin, aldığı kodlarla birtakım sistemler geliştirir ve bazı hareketleri otomatik olarak yapar. "Otomatizma" denen sistem sayesinde, aynı şeyi yeniden öğrenmek zorunda kalmayız. Merdiven çıkmak, yemek yemek, yaşadığın adresi öğrenmek, günlük bedensel ihtiyaçları karşılamak gibi otomatik gerçekleştirilen eylemler için beyin her defasında her şeyi yeniden öğrenir gibi efor sarf etmemek için tekrarlanan eylemleri kayıt altına alır. İşte bu otomatizma sistemi, beynimizin hayatımıza avantajlar katabilmek için geliştirdiği yollardan biridir. Bu, güçlü bir şekilde yaşama adapte olma sistemidir.

Peki bu kodlama ve alışma işlemi aşırıya gittiğinde ne olur?

İşte o zaman 'robotlaşma' başlar. Farkındalık ve şuurun az olduğu ilkel düşünce sistemlerindeki gibi sadece beslenme, cinsellik ve hayatta kalma güdüleriyle beyin kodlanmaya başlar. Beyin için artık sadece hayatta kalmak ve haz almak vardır. Bu yapıdaki bir beyin dışarıdan kolayca kodlanabilir, güdülebilir.

Çünkü hayattan beklentisi sınırlıdır. Hayatta kalabilmek ve haz alabilmek için vardır... Beklentilerle beyni yönetmek kolaylaşır. Yönetilebilme kolaylığı olan kişiler çeşitli ses ve tekrarlayan frekanslarla bazı görüntülerin, dizilerin, filmlerin, bilgilerin ya da inanç kalıplarının frekanslarıyla kodlanabilir. Bazı hipnotik kelimelerle ve kalıplarla da programlanma yapılabilir. Hatta 'zihin programlama sistemleri' adı altında gerçekleştirilen terapilerle de bu yapıdaki beyinleri kodlamak mümkündür.

Kısacası beyin hem eğitilebilir hem yönetilebilir. Önemli olan beyni kimin yönettiği... Beynini sen mi yöneteceksin, yoksa dışarıdan mı yönetileceksin?

Benim sözüm, kendini yönetmek isteyenlere...

Eğer beynini farkında olmadan dışarıdan aldığın, sende, herhangi bir konuda sonuçlarından rahatsız olduklarını yapmaya yönelik istek oluşturan verilerle gerçekleşen kodlamalardan arındırmak istiyorsan, önce haz odaklı yaşamaktan, rutin haline getirdiklerinden ve bağımlılıklarından uzaklaşmalısın. Çünkü hangi noktadan ele geçirildiysen, o nokta zayıflığındır ve oradan yönetilmeye devam edersin.

Örneğin, her gün yaptığın ve yapmadan duramadığın bir takım davranış kalıplarına bakalım. Televizyon izlemek, internette zaman geçirmek, kahve içmek, vb...

"Yapmadan kendime gelemem," dediğin ne varsa, rutinleşerek seni yöneten davranışların haline gelmiştir. Bu davranışlarının sana hizmet ettiğini düşünsen de aslında sen onlara hizmet ediyorsundur. Hizmet eden denileni yapar. Hizmet alan kimse, onun dediği olur. "Beni iç," diyorsa içersin. Dediğini yaptığın güç senin patronundur artık.

Gücü kime verdiğine bak.

Sigara

Alkol

Uyuşturucu
Televizyon
Telefon
İnternet
Sevgili
Tatlı
Kahve
Liste elbette uzayıp gidebilir...

Tabii ki her dönemin ve her düzenin, aşağıda kalanları ve yükselenleri olacaktır. Yükselenler diri olan ve aklını kullananlar, sürüyle değil kalbiyle hareket edenlerdir.

Dinle, dinledikçe dinlenirsin.
Seyret, seyrettiğinden kendini öğrenirsin...

Doğruya yönelmek için beyni nasıl beslemek gerekir? Her gün aynı şeyleri tekrar edip etmediğini gözlemle. Sürekli aynı yemekleri mi yiyorsun? Aynı diziyi mi izliyorsun, aynı kıyafetleri hep aynı sitilde mi giyiyorsun, alıştığın sistemle mi hayatını geçiriyorsun, hep aynı bakış açısında mısın?

O halde, "Hayatın bana sunduğu imkânlar belli, yapabileceklerim kısıtlı, zaten yapabileceğimin en iyisini yapıyorum ve hayatımı iyi kötü idame ettiriyorum," düşüncesiyle kendini kısıtlayıp kafesin içine alarak, dar bir görüşe, dar bir inanç kalıbına sıkıştırıyorsundur.

Yeni deneyimler, bizi yeniyle buluşmak için destekler. Hayatına yenilik davet etmek istiyorsan, beslenmende, ifadelerinde, eylemlerinde yenilikler yap.

Olan, olmuş ve olacak olanın en iyisiydi.

3. BÖLÜM

SEÇİMLERİ OKUMAK

Mesleğin seni seçer

Bir iş sahibi misin, yoksa işin mi senin sahibin?

Hayır...

Kendi işinin patronu olup olmadığından söz etmiyorum. Ortaya koyduğun işe odaklanıyorum. Senin yönetici koltuğunda kim oturuyor? İş prensiplerin ya da statün mü seni yönetiyor yoksa bunlar senin bir imzan mı sadece.

Çoğunlukla para ya da statü kazanmak için bir iş edinmek gerekiyor diye düşünüyorsun değil mi? Muhtemelen çalıştığının karşılığı da tam olarak ödenmiyordur. Fakat ne zaman ki çalışmak ve üretmek hayata attığın bir imza olur, işte o zaman kazancın bereketlenir ve işin de hayatın tadını almana yardımcı olan bir aracı haline gelir.

Kendini tanımlarken birinin eşi, evladı, bir firmanın müdürü, sahibi, memuru ya da başkanı olarak tanımlıyorsan, kimliğini başkalarına karşı kendini kanıtlamak üzere inşa etmeye çalışıyorsundur. Bu durumda hayatın anlamı, elbette senden uzaklaşır. Çoğu insan verdiklerine karşılık elde ettiği mevkii, parayı ve statüyü başkalarına üstünlük kurmak için kullanır.

Amaçları kendilerini göstermektir, çünkü elde ettiği her şey için kendini fazlasıyla eziyordur. Bu tutum önce bedene sonra akıl ve ruh sağlığına etki eder. Kaybedilen kıymetlerden biri de zamandır.

"İnsanlar hayatları boyunca para kazanmak için
çalışarak sağlıklarını kaybederler.
Sonra kaybettikleri sağlıklarını kazanmak için
paralarını harcalar."
Eflatun

Mesleğin senin yaşam amacına hizmet ediyorsa ve kazancınla yaşamını sürdürebiliyorsan, işte o zaman kimliğin seni ifade ediyordur.

Dilersen şimdi meslekler üzerinden çeşitli okumalar yapalım birlikte:

Öğretmen; Öğrenme kapasitesi ve ikna yetenekleri gelişmiştir. Öğretme kabiliyeti hangi alanda geliştiyse o alanda kendini daha çok geliştirmeye ihtiyacı vardır. Bu nedenle aynı bilgileri farklı şekillerde anlatır. Öğrenmeye ihtiyaç duyduğu için öğretmeye ihtiyaç duyar.

"En iyi anlattıklarım en çok ihtiyacım olandır."

Senarist; Zengin bir hayal gücü vardır. Kendi hayatındaki akışın kurgusunu fark etmeye ihtiyaç duyar. Hayal gücünü kendi hayatı için pek kullanmaz. Bu hazineyi kendi için de kullanmaya başladığında hayatı lezzetlenir.

Oyuncu; Sezgisel ve görsel gözlem gücü sayesinde empati kurma yeteneği yüksektir. Yaşamı boyunca aldığı roller sayesinde birçok hayatı yaşamışçasına deneyim elde edebilir.

Başkalarını anlama gücünü kendini anlamak için de kullandığında, üzerinde hissettiği baskıyı fark ederek, kendini özgür bırakabilir.

Doktor; Sorunları tanımlama ve bağlantı kurma yeteneği, dış gözlem gücü oldukça yüksektir. Sorunları çözmeye odaklanabilir. Bu yüzden olayları akışa bırakmakta zorlanır. Başkalarının sorunlarını çözebildiği gibi kendinin de bir sorunu olduğunda başkalarından yardım almak ona iyi gelir.

Avukat; Hak, adalet ve zarafet anlayışı yüksektir. Kendi duygusal ve fiziksel alanlarını savunmasız bırakabilme potansiyeli vardır. Başkalarını savunmak için verdiği haklılık mücadelesini hayatın tamamına taşıma potansiyeli olabilir. Bu da onu tarafsız kalmakta zorlayabilir. Dinlemek, özellikle derin dinleme çalışmaları yapmak iyi gelebilir.

Hâkim; Derin dinleme ve sezgi yeteneği yüksektir. Adalet ve hak duygusu gelişmiştir. Hayatın içinde karar mekanizması olmakta zorlanabilir. Kendi hayatında kendi faydasına seçimler yapmaya ihtiyaç duyar.

Yazar; Bir konuyu yazma ya da anlatma kabiliyeti iyidir. Kendine ve başkalarına, kendisini anlatmakta zorlanabilir. Durağanlık yazar için iyi değildir. Harekete geçirici alanlar canlılık yaratır.

Psikolog; iyi dinler, gözlem yapar olaylardan sonuç çıkartma yeteneği güçlüdür. Neden- sonuç ilişkisine odaklıdır. Başkalarında birtakım durumları tespit etmeye odaklı olduğu için kendi hayatına odaklanmakta ve attığı adımdan emin olmakta tereddüt edebilirler. Kendisine ve hayat planına objektif bakmak ona iyi gelir.

Muhasebeci; Bir olayın gözden kaçabilecek kadar ince detaylarını görebilme yeteneği vardır. Ayırt etme yeteneği güçlüdür. Kendi hayatıyla ilgili neyin faydalı neyin faydasız olduğunu ayırt etmekte zorlanabilir. Olaylara ve hayatının gidişatına daha geniş açıdan bakabilmek ona iyi gelir.

Tarihçi, Arkeolog, Antropolog; İyi bir hafıza, anlama ve analiz etme yeteneği vardır. Görsel hafızası yüksektir. Atalarından miras kalan hal ve durumları fark ederek geçmişin kendindeki mirasını dönüştürülebilmek için bu mesleği seçer. Geçmişten ve tekrar eden olaylardan özgürleşmeye ihtiyacı vardır.

Bir başkasına sağlık, gıda ya da herhangi bir alanda hizmet sağlayıcı olarak çalışanlar; Başkasının neye ihtiyacı olduğunu anlamakta iyidirler. Sosyal zekâları yüksektir. Sorunu algılama ve çözme kabiliyetleri vardır. Hayatlarında ne gibi değişiklikler yapacaklarını bilemedikleri için değişimde zorlanırlar. Tekrarlayan olaylar yaşayabilirler. Kendi ihtiyaçlarını tespit etmek ve kendilerine öncelik vermek onlara iyi gelir.

Araç Sürücüleri; Bir hedef karşısında odaklanıp, koordinasyon ve çözüm bulmak konusunda iyidirler. Kendi hayatlarında yenilik yapmakta ve ilerlemekle ilgili hedefler tayin etmekte zorlanabilirler. İhtiyaçları olan şey tekrarı bırakmak ve rutini terk etmektir.

İnşaat sektöründe çalışanlar; Parçaları bir araya getirmek, gelecekle ilgili adım atmak konusunda planlamacıdırlar. Kendi hayatlarında bir bütünlük sağlama konusunda zorlanırlar. Bir dönemlerinde hızlı, bir dönemlerinde durağan yaşarlar. İstikrara ihtiyaçları vardır. Aile içi ve sosyal ilişkilerinde tutarlı olmaları onları destekler.

Hayatının hangi döneminde hangi işte çalışıyorsan, o alanda tamamlaman ve öğrenmen gereken konular için o mesleği seçmişsindir. Mesleğin de bir ihtiyacını karşılamak için yine tamamen senin siparişine göre sana gelmiştir. Kendini ve etrafındakileri bu açıdan seyrederek okumalar yapman, sana ve ilişkilerine çok şey katacaktır.

İlişkileri Okumak

Bir kadının kocası, onun mevcut gelecek planlarını, ilahi sisteme olan yaklaşımını ve ruhsallığını temsil eder. Bir erkeğin karısı, maddi ve dünyevi işlere, geçmişe bakışı ifade eder.

Bir erkeğin ekonomisinin gücü, kadınlarla olan iletişiminden etkilenir. Kadınlara karşı tutumu aslında maddi dünyasına olan yaklaşımını gösterir. İş hayatında istediği ritmi yakalayamayanlar, genellikle ailesindeki kadınlardan biriyle; annesiyle, eşiyle ya da geçmişte yaşadıklarıyla ilgili bir konuda gergindir.

Evin erkek rol modeli çalışmak için şehirden uzağa gidiyorsa, aile içinde karar mekanizması kadına geçmiştir. Burada sorun dışarıda çözülmüş gibi görünse de kadınlar eril prensipten kolaylıkla almayı kabul edemediği zaman, erkeği çoğunlukla uzağa gönderir. Bir kadın erkek arkadaşından ya da kocasından şikâyet ediyorsa, hayatın içinde itiraz ettiği çok konu vardır, hayatı adaletli bulmuyordur, babasıyla geçmişte yaşadığı sorunlar hayata güvenmesine engel oluyordur.

Bir erkek başarılı olmak istiyorsa, kadınına saygılı, sevgi dolu ve sadık olmalıdır. Bir erkek karısını aldatıyorsa, maddi konular için kendini aldatıyor, yani para odaklı çalışıyor veya maddi güce fazla güveniyordur. İşiyle, bedeniyle ya da hayatın içinde başka bir alanda onu aldatanlar bulunuyordur.

Bir kadın geleceğine güvenmek, hayatı akışıyla yaşamak ve iç sesiyle barışık olmak işitiyorsa erkeğine saygılı, sevgi, dolu ve sadık olmalıdır. Bir kadın birlikte olduğu erkekten şikâyet ederek birlikte olmaya devam ediyorsa bu da bir aldatmadır. Önce kendini sonra ruhsal planını aldatıyordur. Bu durumda geleceğine güvenle bakamaz, kalbinin sesini dinleyemez. Bir kadın ilhamlarından beslenerek ruhsal planına yürümek istiyorsa iyi gitmeyen bir ilişkisi varsa ya bunu iyileştirecek ya da şikâyeti bırakacak; ilişkiyi bitirecek, huzur bulacaktır.

Kadın ya da erkek kendini huzurlu ve mutlu hissettikçe karşısındakine bunu yansıtır ve onu besler. Sadece karşındakini mutlu etmeye odaklanıp hareket ederek bir yere varamazsın. Bu tutum, karşındakini değiştirme isteğidir. Aynadan yansıyanın sen olduğunu hatırla.

Erkek karısına annesi gibi, kadın kocasına babası gibi davrandığı sürece ahenk kurmak zorlaşır. Eski aileden yeni aileye gelinemez.

Bir kadının ya da erkeğin hayatında duygusal bir ilişki başlayamıyorsa, anne ya da babalarıyla olan ilişkilerinde koparmak istemedikleri bir taraf olabilir, ya da bitmiş bir ilişkinin duygusal bağı ve etkisi hâlâ devam ediyordur.

Her durumda iyileşmek ve uyanmak için ağzından çıkanı kulağına duyur, böylece niyetinle durumunu değiştirebilirsin.

Mekânlar Konuşur

Sadece ifadelerimiz, seçimlerimiz, tekrarlarımız, mesleklerimiz değil, tabii ki mekânlarımız da bizi ifade eder, bizi yansıtır. İş yerlerimiz, evlerimiz, çalışma odalarımız, yazlıklarımız, eğlenmek için tercih ettiğimiz mekânlar... Bulunduğumuz her yer, hatta üzerimizdeki giysiler bile okumak ve anlamak istediğimizde hakkımızda çok şey anlatır.

Yerleşik düzendeki her sistem, bize enerjilerimizin bir aynası olarak aktarılır. Mesela oturduğun yeri incele.

Sana dönük duran sivri bir cisim görüyor musun?

Bunları sana yöneltilmiş oklar gibi düşün, tehdit altında olduğun hissini yaşıyor olabilirsin. Yukarıya doğru sivri şekiller enerjiyi yükseltmeye çalıştığını, aşağıya doğru uzanan sivri şekillerse enerjiyi aşağıya indirme isteğini ifade eder.

Bulunduğun yerde hoşuna giden veya gitmeyen detaylara bak. Ortalık dağınık mı, düzenli mi? Dağınıksan, başladığın işleri bitirmekte ve kendine gelecekle ilgili planlar yapmakta zorlanıyorsundur ya da uygulamaya koyamıyorsundur.

Etrafta kırık herhangi bir eşya var mı? Kırık eşyaları tutma sebebine bak, onlarla duygusal bağın mı var, yeniden alamayacağını mı düşünüyorsun? Bırakamama ve kontrol etme sorunun olabilir.

Ödenmiş ya da ödenememiş faturaların oralarda bir yerlerde mi? Göz önünde bulundurdukların zihnini en çok meşgul edenlerdir.

Aile fotoğrafların nerede duruyor ve hangi yaş dönemlerine ait? Bu fotoğrafları neden seçtiğini bulmak sana açılım verecektir.

Çekmecelerini de incele... Depolama alanlarında neler birikmiş, hatırlamalar, çözümleme yapmanı kolaylaştıracaktır.

Arabanın torpidosunu da ihmal etme derim. Aç ve içine bak bakalım neler bulacaksın. Evin içindeki patlamış ampuller, kabarmış duvarlar, kırılmış yüzeyler, üzerine bir şeyler dökülmüş halılar... Anlamsızca depolanan eşyaların, ihtiyacın bitmesine ve işlevlerini yitirmesine rağmen hâlâ orada durmaları aslında senin geride bırakamadığın yaşanmışlıklarını anlatır.

Bir danışanımın hem işyerindeki hem de evindeki tuvaletleri tıkanmıştı. Tesisatçılar gelip tamir ettikleri halde yine aynı sorun tekrar etmişti.

"Bu durum bana ne anlatıyordur sence?" diye sordu bana. Ben de ona, "Bırakmakta zorlandığın ve bırakamadığın için de geleceğine ilerleyemediğin, tıkandığın şeyler olabilir," dedim.

Sonrasında gördük ki, eşinden yıllar önce ayrıldığı halde içeride onunla olan duygusal bağı koparamamış. Bırakamadığı eski eşi, hayatına yeni bir sevgili almasını engelliyordu. Eskiyle koparamadığı bağların ona zarar verdiğini ve ilerlemesine engel olduğunu idrak ettiğinde, bağlarını kesmeye karar verdi. Tıkanan tuvaletleri, ona hayatının içindeki bir tıkanmayı işaret ediyordu. Tuvaletler tamir edilirken olaya odaklandı, nedeni geçiştirmedi ve sorgulamaya başladı. Bu sorgulama onu duygusal olarak çözemediği bir konuya yöneltti ve farkında olamadığı bir düğümü çözdü.

Bir arkadaşımın oturduğu evin yanındaki eski bina kentsel dönüşüm nedeniyle yıkılmıştı. Dışarıdan sürekli inşaat sesleri geliyordu ve arkadaşım uzayıp giden bu çalışmalar yüzünden çok gergindi. Seslerden çok rahatsız oluyordu.

Ona bu inşaatın ne söylediğini anlattım. Eski bir realitesinin yıkıldığını ve yeniden imar edileceğini söyledim. Bunun hangi alanlarda bir yenilenme olduğunu fark ettiği an, başka bir semte taşındı. Çünkü artık o inşaatı seyretme ihtiyacı sonlanmıştı. İnşaattan ziyade rahatsızlık olarak algıladığı olayın ana mesajına odaklandığında, hayatla kendi arasında bir birlik kurdu.

Ailesinin başına şiddetli kazalar geldiğini ve bazı sorunları olduğunu söyleyen bir anne, bir gün benden yardım istedi. Evinin tam karşısındaki yüksek binanın sivri köşesi, tam olarak evinin salonuyla kesişiyordu. Salonlar, sosyal hayatı sembolize eder. Bu eve taşındıklarından beri sosyal medyada rahatsız edici olaylar ve saldırılar yaşıyorlardı. Sosyal hayatları oldukça yorucuydu ve ailece birbirlerine zaman ayıramadıklarını fark ettiler. Sosyal medyadaki paylaşımlarını azalttılar. Sonrasında birlikte, evin karşısındaki sivri şekli kucaklayacak ve fiziki etkisini azaltacak bir objeyi salona yerleştirdik ve enerjisini büktük. Hepsinden önemlisi danışanım, yaşadığı sorun karşısında aile birliğine fazla önem vermediğini fark etti. Böylece odaklandığı alanları değiştirdi ve aile mahremine önem vermeye başladı. Sorunlar da kendiliğinden çözüldü.

İşyerinde masanın hangi yöne baktığı da önemli bir mesaj verir. Diyelim ki, tuvaletin yanında bir masada çalışıyorsun. Herkesin çöpünü bıraktığı, kötü kokulu bir yerdesin ya da kapının karşısındasın... Masanın duruş yönünü değiştirmeden önce neden bu masada oturduğuna dikkatini verirsen, başkalarından yük aldığını, belki onların geçmişleri hakkında yorumlar yaptığını ve bu yorumların senin hayatını olumsuz etkilediğini fark edebilirsin. Şimdi o çöple, kapıyla ya da sorunla arana zihnindeki uyanışınla birlikte zaten bir mesafe koymuş oldun. Masanın duruşuyla ilgili ihtiyacın olan fiziki çözüm kendiliğinden gelir ya da o enerjiyle arana bir obje yerleştirerek de çözüme yönelik bir adım atabilirsin.

Mekânlar da tıpkı sözlü ifadelerin, davranışların ve seçimlerin gibi yine sende olanı sana yansıtır. Senin dışında, senden başka bir olgu değildir. Sende olana işaret eden aracılardır. Her eşya, her obje, her renk, büyüklüğünden, küçüklüğünden duruşuna kadar seninle ilgili bir ifadenin yansımasıdır. Tıpkı sözlü ifadelerin gibi, içinde bulunduğun ya da kullandığın mekânlar da sende olanı yansıtır.

Durgun su: Durgun suya dikkat etmek gerekir çünkü suyun durdurma enerjisi de vardır. Hayatında akan bir şeyin durdurulması söz konusu olabilir. Akışında giden para, bilgi, ruhsal akış, sevgi, muhabbet, cinsellik konularında durgunluk olabilir. Çalışmayan bir akvaryum, havuz ya da vazo içindeki kımıldamayan suyun farkında olmak önemlidir. Evde durgun su tutmak, elinle yaptığın bir durgunluk büyüsü gibidir. Durgun su, yaratıcılığın, dişi enerjinin ve üretkenliğin durdurulmasını anlatır.

Mekân okumalarında, kendi elimizle kendi hayatımıza neler yaptığımızı fark ederiz. İfadelerle var ettiğimizi bu kez eşyalarla var ediyoruzdur. Farkında olmadan kader düğümünün ya da çözümünün objelerini seçmişizdir.

Durmuş saat: Zamanı yanlış yerde kullanma, boşa harcama ya da takıldığın bir konu yüzünden ilerleme kaydedememek. Bir şeyleri durdurma isteği.

Kırık biblo: Geçmişte sana zarar verdiğini düşündüğün, yaralandığın alanlardan geri çekilememen.

Aile fotoğrafları: Aile ile bir arada olma, ya da devam etme isteği, geçmişi tekrarlama arzusu ve kendini yenilemekten çekinmen.

Tablolar ve fotoğraflar: Kargaşa, dalgalı deniz, mutsuz insanlar, harabe binalar, anlamını bilmediğin mitolojik semboller, silah ve savaş içeriği olan tablolar yada fotoğraflar, içerdiği enerjileri hayatına çeker. Bunları seçmiş ve kullanmış olman, senin de kendi içinde bir çatışma yaşadığını, hayatını aşağıya çekme ve olayların istemediğin yöne gitmesine duyduğun ihtiyacı anlatır. Kullandığın objeler, motive edici olmalıdır.

Kütüphane: Bilgiye ve bildiğine güvenmek, bildiğine devam etmek...

Sivri objeler: Enerjiyi bir noktada toplar, yönü neresiyse bir ok gibi oraya yönlendirir. Yukarı doğruysa enerjiyi yükseltir, aşağıya doğruysa aşağıya indirir. Avizenin, özellikle yatak odalarında dikkatli kullanmasında fayda vardır.

Oval eşyalar: Enerjiyi yumuşatır, sakinleştirir ve akışı kolaylaştırır. Küre biçimli lambalar, küre ve yumurta biçimindeki doğal taşları kullanabilirsin.

Beyaz: Hangi odada beyaz rengin kullanımında aşırılığa kaçıyorsan, o bölgeye ve o enerji alanına ölüm davet edersin. Beyaz ölümü ve aynı zamanda aydınlanmayı, yeniden doğuşu sembolize eder. Bu nedenle parlak etkisiyle yeni fikirlerin, kreatif alanların, hastalığın ve fiziksel rahatsızlığın ölümünü ve sağlığın doğumunu sembolize etmek için klinik, hastane ve kuralların uygulanması istenen yerlerde doğru sonuç verebilir. Ayrıca beyaz renk otoriteyi sembolize eder.

Kırmızı: Ateşi ve hareketliliği sembolize eder. Başlatır ve bitirir. Bir mekânda kırmızı rengi yoğun kullanmak, hareketi hem arttırabilir hem kesebilir. Dengede olmak en iyisidir.

Sarı: Evde sarı rengi yoğun kullanmak aşırı güçlü ve kontrolcü olma isteğidir. Yoğun kontrol, çoğu zaman bunaltır. Hayatında kontrolsüzlükler artar. Denetleyemediğin ve kontrolden çıkan bir dolu güçlük yaşarsın. Çünkü istediğin şey güçtür. Güç isteyene, güçlük verilir. Hayatlarında güçlükler yaşayanlar en çok güç sahibi olmak isteyenlerdir. Güçlü olmak için elbette zorluklar yaşanmalıdır. Sistem, isteğin karşılığını her zaman hakkıyla verir.

Siyah: Evde siyah rengin yoğun kullanılmasının sebebi korunma ihtiyacıdır. Korunma ihtiyacı, korku hissiyle birlikte siyaha yönelmişse ve evin hâkim rengi siyahsa, bu seçim karanlığa götürür. Ancak gereği kadar siyah kullanmak koruyucu olur. Siyahta dengeli olmak önemlidir.

Yeşil: Evde yeşil rengin olduğu yerler sakinlik verir. Tazeliğin, canlılığın ve doğumun enerjisini taşır. Dengeli kullanmak hareket enerjisini besler, yoğun kullanım hareketi yavaşlatabilir.

Şimdi gelelim, evinin nasıl bir semtte ve ne konumda olduğuna. Çünkü bulunduğun sokaktan, oturduğun dairenin kapı numarasına kadar her şeyi sen ihtiyacına göre seçtin ve bunların hiçbiri tesadüf değil...

Yaşadığın semtin ne olduğu, bulunduğun sokağın özellikleri ve yaşadığın apartmanın ismi bile mekân okumalarında kullanılan önemli bilgilerdendir. Bulunduğun yeri boş yere seçmedin. Önemli olan yaşadığın semti ya da evi değiştirmek değil, önce orayı neden seçtiğini bulup anlamaktır. Yaşadığın mekânı doğru okuyarak, bütünün sana ulaştırdığı mesajı kolayca alabilirsin.

Evinin kapısı ya da penceresi çöpe bakıyorsa ya da çöplüğü görüyorsa geçmişinde bırakamadığın şeyler vardır. Çöpün kokusunu duyuyor olmak geçmişte bırakamadığın şeylerin bugün seni ne kadar rahatsız ettiğini gösterir.

Evinin kapısı ya da penceresi yeşillik hoş bir alan görüyorsa, yenilenmeye açıksın demektir. Evin kapısı ya da penceresi, başka binalara bakıyorsa ufku çok göremiyorsundur. Havuza bakıyorsa, suyun anlamı bolluk ve bereket getirebilir.

Bu tip enerjilerden evde kullandığın tablolar ve resimler, örtülerle de sağlayabilirsin. Evini değiştirmeden de enerjiyi bükebilirsin. Şimdiye kadar neyi neden yaşadığını ya da yaşayamadığını fark ederek hem kendini hem geleceğini özgürleştirebilirsin.

4. BÖLÜM

DOĞANIN RİTMİ VE AKIŞI

Doğanın Akışıyla Bedenini Oku

Doğanın bir ritmi ve akışı vardır. Ekolojik sistem içinde devam eden döngü hem birbirini besleyen hem de birbirinden beslenen bir mekanizmayla işler. Ölüm yeni doğacaklara yer açar. Bitkiler ot oburları, ot oburlar et oburları besler, et oburlar ölür ve toprağın içindekileri besler, toprak yeniden yeşerir. Bu mekanizma bir kalp atışı gibidir, kaynakları dağıtır, artıkları toplar, temizler ve yeniden paylaştırır.

Bu ritmi bozduğumuz ve kendimize göre yorumlamaya başladığımız andan itibaren bizim de beden ritmimiz bozulmaya başlar, hastalıklarla tanışırız. İlk hastalıkların, yerleşik düzene geçen insanoğlunun yanında yaşayan hayvanlardan geçtiği söylenir. Sanayi devrimine kadar en büyük sorun, hastalıkların ve yaralanmalarla oluşan komplikasyonların çaresini aramak ve iyileştirmekti. Batı tıbbından önceki hekimlik, çoğunlukla hastanın bedenini okuyarak teşhis etmeye dayalıydı. Bozulan ritmin nedenini bulmaya odaklanan hekim, açlıkla, bitkisel çözümlerle, banyolarla hastayı sağlığına kavuştururdu. Batı tıbbında da temel prensipler, beden semptomlarını izlemek üzerine kuruluyken, sonraları analiz cihazlarından alınan verilerin okunmasına yöneldi. Binlerce yıl doğadan destek alınan sistemlerden yüz yıllık kısa sürede uzaklaşıldı. Kimyasal ilaç kullanımına ağırlık verilir oldu.

Hızla makineleşen ve modern tıbbın doğduğu ülkeler olarak kabul edilen Almanya ve İngiltere son yıllarda sağlık sistemlerinde geleneksel yöntemlere yöneldi. Sadece bitkisel çözümler değil, sorunun oluşmasının önüne geçmeye yönelik bütünsel sağlık anlayışı uygulamaları oldukça arttı.

On yaşında başladığım judo sporu sayesinde tanıştığım Uzakdoğu sağlık yaklaşımlarını, Uygur Türklerinin de kullanmış olduklarını zamanla keşfettim. İbn-i Sina, İbn-i Baytar, İbn-i Şerif tarafından yazılmış eserleri de inceleme fırsatı buldum. Bütün bu bilgileri, zaman içinde hayatı okumak ve bedenin sağlığını korumak üzere değerlendirdim. Burada seninle paylaşacağım bilgiler hem beden hem duygusal dünyan hem de mekân okumalarında kullanabileceğin temel prensiplerdir. Biz doğanın akışıyla yaşadığımızda içinde bulunduğumuz sistemden destek almış oluruz. Bu akışın da bir dili vardır. Döngüyü öğrendiğinde bedenini, duygusal dalgalanmalarını ve olayların varacağı olası sonuçları okuman da yorumlaman da kolaylaşır. Eski kaynaklarda doğa döngüsünün unsurları element olarak tanımlanmıştır. Elementler doğal akış içinde birbirini destekleyerek var ederler. Tersine işlediğinde var olanı yıkar ve hastalıkların ortaya çıkmasına neden olurlar. Birbirinin akışına bloke koyanlar da vardır.

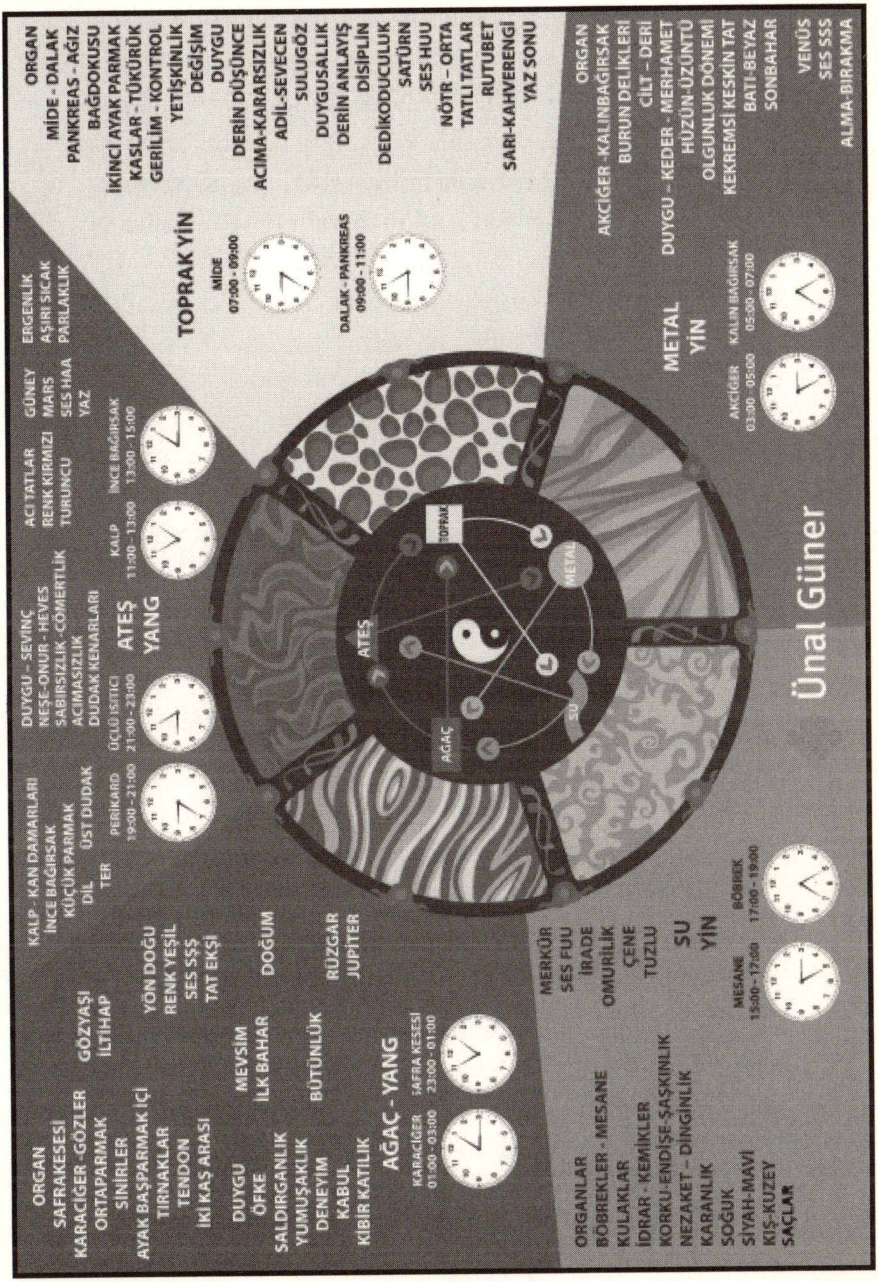
ORGAN
SAFRAKESESİ
KARACİĞER -GÖZLER
ORTAPARMAK
SİNİRLER
AYAK BAŞPARMAK İÇİ
TIRNAKLAR
TENDON
İKİ KAŞ ARASI
GÖZYAŞI
İLTİHAP
YÖN DOĞU
RENK YEŞİL
SES ŞŞŞ
TAT EKŞİ
DUYGU
ÖFKE
SALDIRGANLIK
YUMUŞAKLIK
DENEYİM
KABUL
KİBİR KATILIK
MEVSİM
İLK BAHAR
BÜTÜNLÜK
DOĞUM
RÜZGAR
JUPİTER
AĞAÇ - YANG
KARACİĞER 01:00 - 03:00
SAFRA KESESİ 23:00 - 01:00
KALP - KAN DAMARLARI
İNCE BAĞIRSAK
KÜÇÜK PARMAK
DİL
ÜST DUDAK
TER
DUYGU – SEVİNÇ
NEŞE-ONUR - HEVES
SABIRSIZLIK -CÖMERTLİK
ACIMASIZLIK
DUDAK KENARLARI
ACI TATLAR
RENK KIRMIZI
TURUNCU
GÜNEY
MARS
SES HAA
YAZ
ERGENLİK
AŞIRI SICAK
PARLAKLIK
PERİKARD 19:00 - 21:00
ÜÇLÜ ISITICI 21:00 - 23:00
ATEŞ
YANG
KALP 11:00 - 13:00
İNCE BAĞIRSAK 13:00 - 15:00
ORGAN
MİDE - DALAK
PANKREAS - AĞIZ
BAĞDOKUSU
İKİNCİ AYAK PARMAK
KASLAR - TÜKÜRÜK
GERİLİM - KONTROL
YETİŞKİNLİK
DEĞİŞİM
DUYGU
DERİN DÜŞÜNCE
ACIMA-KARARSIZLIK
ADİL-SEVECEN
SULUGÖZ
DUYGUSALLIK
DERİN ANLAYIŞ
DİSİPLİN
DEDİKODUCULUK
SATÜRN
SES HUU
NÖTR – ORTA
TATLI TATLAR
RUTUBET
SARI-KAHVERENGİ
YAZ SONU
TOPRAK YİN
MİDE 07:00 - 09:00
DALAK - PANKREAS 09:00 - 11:00
ATEŞ
AĞAÇ
TOPRAK
SU
METAL
ORGANLAR
BÖBREKLER - MESANE
KULAKLAR
İDRAR - KEMİKLER
KORKU-ENDİŞE-ŞAŞKINLIK
NEZAKET – DİNGİNLİK
KARANLIK
SOĞUK
SİYAH-MAVİ
KIŞ-KUZEY
SAÇLAR
MERKÜR
SES FUU
İRADE
OMURİLİK
ÇENE
TUZLU
SU
YİN
MESANE 15:00 - 17:00
BÖBREK 17:00 - 19:00
Ünal Güner
ORGAN
AKCİĞER -KALINBAĞIRSAK
BURUN DELİKLERİ
CİLT – DERİ
DUYGU – KEDER - MERHAMET
HÜZÜN-ÜZÜNTÜ
OLGUNLUK DÖNEMİ
KEKREMSİ KESKİN TAT
BATI-BEYAZ
SONBAHAR
VENÜS
SES SSS
ALMA-BIRAKMA
METAL
YİN
AKCİĞER 03:00 - 05:00
KALIN BAĞIRSAK 05:00 - 07:00

Yapıcı Döngü

Bu döngü içerisinde, her element kendinden bir sonraki unsuru doğuran ve besleyendir. Ağaç ilk unsurdur, bizim de doğum evremizi anlatır. Yeşilliklerin ortaya çıkışını, büyümesini, ilerlemeyi anlattığı gibi hayatımızdaki eğitim, öğretim ve gelişimi ifade eder. Ağaç elementi ateşi doğurur, yani geliştikçe ilerlersin. Doğumun sırasında ve bebeklik döneminde yaşadıkların ergenlik ve gençlik yıllarını etkiler.

Ağaç ⇄ Ateş

Ateş elementi hareket etmeyi sembolize eder. Bir durumdan başka bir duruma geçişi, ilerlemenin verdiği neşeyi anlatır. Hayatın büyüme evresidir, yani ergenlik ve gençlik evresidir. Ateş küllerinden toprağı doğurur. Gençlik yıllarında yaptıkların, olgunluk dönemini etkiler.

Ateş ⇄ Toprak

Toprak; olanı kabul ederek, potansiyelini açığa çıkarabilmeyi, hedefler koyabilmeyi, uzun vadeli planları gerçekleştirebilmeyi sembolize eder. Hayatın yetişkinlik dönemidir. Toprak elementi, kendinden kattıklarıyla metali doğurur. Yetişkinlik döneminde yaptıkların, olgunluk döneminde yaşayacaklarını belirler.

Toprak ⇄ Metal

Metal; toprağın içinden aldığı güçle karar alabilmeyi, özümsemeyi, yaşadıklarını sindirebilmeyi, hayatla olan alışverişini fark etmeyi sembolize eder. İnsan hayatının olgunluk dönemini ifade eder. Metal elementi, kendinden kattıklarıyla suyu doğurur. Olgunluk döneminde yaşadıkların, yaşlılığının ritmini ve hayattan aldığın demi belirler.

Metal ⇄ Su

Su elementi hayatının tamamında yaşadıklarından çıkarttığın sonuçlara göre geldiğin durumdur. Tüm olanlardan memnuniyetini ya da şikayetlerini ifade etme dönemidir. İnsan hayatının yaşlılık dönemini ve hayatın sonlanmasını sembolize eder. Su elementi, bir halden başka bir hale geçişin yaşanacağı alandır.

Bedeninde yaşadığın bir hastalığın, duygusal olarak aşamadıkların veya ilişkilerde yaşadığın sorunların izini sürmek için aşırıya giden prensibin bütün döngüyü etkileyeceğini hatırlamalısın.

Toprak elementinde bir sorun olduğunda, metal sorunlu olur, sonrasında su elementini etkiler. Su ağacı besleyemez, ateş zayıflar, toprak da zayıflar. Yani toprakta bozulan sistem döner, yine toprağı vurur. Bu döngüyü kırmak için su ve ağacı güçlendirmek gerekir. Suyla beslenmiş ağaç, ateşi besler ve toprak güçlenir.

Midende yaşadığın sorunun nedeni, karaciğerinle ve geçmişte yaşadıklarına karşı duyduğun öfkenle ilgilidir. Midende asit oranı artmış ve yara oluşmuş olabilir. Mideni iyileştirmek için sıvı besinlerle olan ilişkine bakabilirsin.

Karaciğeri iyileştirmek için de alkali beslenmeli, taze ve yeşil besinler yemelisin. Bu sayede böbrekler de güçlenir. Bu yapıcı döngünün bir de yıkıcı yönü vardır. Yapıcı döngüde her element, bir sonraki elementi doğurup besliyordu. Ancak yıkıcı ve kontrolcü döngüde ise kendinden iki sonraki elemente saldırıp onu ya zayıflatıyor yada sınırlandırıyor.

Yıkıcı Döngü

Ağaç ⇆ Toprak

Ağaç elementi aşırıya gittiğinde ateş de aşırıya gider, kontrolden çıkar, doğuracağı toprak unsurunu yeterince besleyemez ve toprak zarar görür. Doğum ve bebeklikte yaşanan sorunlar, ergenlik döneminde taşkınlık, aşırı uçlara kaymaya yol açabilir. Bu hal, yetişkinlikte istenmeyen sonuçlar doğurabilir. Toprak elementi bedende mide, dalak, pankreas ve kasları sembolize eder. Burada oluşan sorunların duygusal kaynağı, yaşananlara öfke duymak ve olaylar karşısında esneyememektir.

Ateş ⇆ Metal

Ateş elementi aşırıya gittiğinde önce toprak, sonra metal elementi zarar görür. Ateş toprağı yeterince besleyemediği için zayıf olan toprak, zayıf metal doğurur. Gençlikte aşırı yorgunluk ve beslenme hataları, olgunluk döneminde kalın bağırsak ve akciğer sorunlarına neden olabilir. Kalın bağırsaktaki sorunların sebebi kansızlık, mide hazmında sorun, dalağın iyi çalışmaması ve pankreasın kandaki şekeri ayarlayamamasıdır. Bütün bunların arkasında duyguda hüzün, neşesizlik, ince bağırsağı etkileyen beslenme hataları ve kan ritmini etkileyen dengesizlikler yatar.

Toprak ⇆ Su

Toprak elementi aşırıya gittiğinde yani dengesini yitirdiğinde, metal zayıflar ve su zarar görür. Yetişkinlik döneminde uzun vadeli planları olmayanlar, günübirlik yaşayanlar, olayların kendi istekleri doğrultusunda gitmesini isteyip gerginlikle beslenenler, strese alışanlar; yaşlılık döneminde böbreklerinde, cinsel organında ve kemiklerinde sorunlar yaşar. Ayrıca kararlarından dolayı, endişeli, kendine ve hayata karşı güvensiz olurlar.

Olgunluk yıllarında yaşadıklarını bir deneyim olarak kabul edemeyip sindiremediğinde, anılarını geçmişte bırakamazsın ve bu yüzden de kaybetme korkun artar.

Su ⇄ Ateş

Su elementi aşırıya gittiğinde ağaç zayıflamış ve ateş zarar görmüştür. Geçmişte yaşadıklarını geride bırakamamak ve olayları akışına terk edememek, zeminini kaybetmişlik hissi yaratır. Nereye ait olduğunu ve bu hayatı neden yaşadığını bilememek, hayat ateşini söndürür. Yıllar içinde bedende biriken kanı kirletir, azaltır. Kalp yorgunluklarından, kalp rahatsızlıklarından ve dolaşım sorunlarından bütün sistem etkilenir. Buradaki temel duygu neşesizliktir.

Bir elementin güçlü ve iyi çalışır durumda olması, bir sonrakini zenginleştirir ve besler. Daha sonrakini ise faydalı bir kontrol sistemiyle dengeler. Doğanın, bedenin ve yaşamın tüm döngülerinde bu prensipleri kullanabilirsin.

Genel Olarak Elementler Ne Anlatır?

Ağaç Elementi: Doğanın, insanın ve canlının doğumunu temsil eder. Yönü doğu, tadı ekşi, rengi de yeşildir. İç organları karaciğer ve safrakesesidir. Yüzdeki uzvu gözdür. Bedendeki yeri sinir sistemi, tendonlar ve tırnaklardır. Bedendeki sıvıları gözyaşı ve iltihaptır. Olumlu duyguları, yumuşaklık ve deneyimdir. Olumsuz duygularıysa öfke, sinirlilik, katılık ve kibirdir.

Ateş Elementi: Hayat içinde çocukluk ve ergenlik dönemini temsil eder. Yönü güney, tadı acı, rengi kırmızıdır. Sıcağın ve yaz mevsiminin elementidir. İç organları kalp ve ince bağırsaktır. Yüzdeki uzvu dildir. Bedendeki yeri dolaşım sistemi ve kalp zarıdır. Bedendeki sıvısı terdir. Olumlu duyguları sevinç, neşe, onur ve hevestir. Olumsuz duygularıysa sabırsızlık, acımasızlık ve savurganlıktır.

Toprak Elementi: Hayatın yetişkinlik dönemine denk gelir. Yönü merkez, tadı tatlı, rengi sarıdır. Yaz sonunun, nötrün elementidir. İç organları mide, dalak, pankreastır. Yüzdeki uzvu ağızdır. Bedendeki temsili kas ve bağ dokularıdır. Sıvısı tükürüktür. Olumlu duyguları deneyim, derin düşünce, kararlılık, adillik ve idaredir. Olumsuz duygularıysa gerilim, kontrol, acıma, kararsızlık, dedikoduculuk, duygusallık ve sulu gözlülüktür.

Metal Elementi: Sonbahar, olgunluk ve serinlik dönemini temsil eder. Rengi, beyaz ve gridir. İç organları, akciğer ve kalın bağırsaktır. Yüzdeki uzvu, burundur. Bedendeki temsili, cilttir. Yönü batıdır. Olumlu duyguları, merhamet ve bağışlamaktır. Olumsuz duygularıysa keder, hüzün ve üzüntüdür. Alabilme ve bırakabilmenin sembolüdür. Tadı, kekremsi ve keskin tatlardır.

Su Elementi: Kış mevsimini, soğuğu, karanlığı ve siyahı temsil eder. Yönü kuzey, tadı tuzludur. İç organları böbrek ve mesanedir. Yüzdeki uzvu kulaklardır. Sıvısı idrardır. Bedensel sistemde kemik ve omurilikle temsil edilir. Suyun özelliklerini ve enerjisini taşır.

Bedenimizde her element, eril ve dişil olarak tanımlanır. Dişi prensiple çalışan organlar: kalp, böbrekler, dalak, akciğer, karaciğerdir. Eril prensipte çalışan organlar: mide, safrakesesi, kalın bağırsaklar, ince bağırsaklar, mesanedir.

Eril organlar geleceği ve geleceğe dair planları, babayla olan ilişkiyi, babadan aktarılan duygu ve davranış miraslarını, erkeklerle olan ilişkileri, ruhsal hissedişleri, otorite figürleri temsil eder. Olumlu duygusu serbest bırakmak, güvende hissetmek, cesarettir. Olumsuz duygu ve davranışları güvensizlik ve güvensizlik nedeniyle kontrol etme isteği, korkunun yarattığı saldırganlık, kibir, katılık, acımasızlık.

Dişil organlar geçmişin bugüne iz düşümünü, geçmişte edinilmiş davranış kalıplarını, kadınla, anneyle, bedenle, maddesel kavramlarla ve mekânla olan duygu bağını temsil eder. Olumlu duygu ve davranışları: yaşadıklarını sevgiyle kabul etmek, onaylandığını hissetmek, hayattan beslenebilmek, yumuşaklık, esnek olmak ve hoşgörülü olmaktır. Olumsuz duygu ve davranışları: sevgiyi hissedememek, neşesizlik, üzüntü, hüzün, keder, endişenin yarattığı panik hali, öfkeli davranışlardır.

Bu iki prensip, almak ve vermek olarak da tanımlanır. Bir okuma yaparken konu alamamaksa, bunun dişi prensiple ilgili olduğunu söyleyebiliriz. Konu bırakamamaksa, eril prensiple ilgilidir. Örneğin, akciğerlerinde nefes almayla ilgili rahatsızlığı olanların, annesiyle yaşadığı bir sorunu kabul edemediğini ve içine alamadığını; konu annesiyle ilgili değilse de dünyayla ilgili çözmesi gereken sorunları olduğunu anlarız. Bağırsaklarıyla ilgili sorunlar yaşayanların ise babayla, otoriteyle ve bırakamamakla ilgili henüz çözemedikleri sorunları vardır.

Beden her unsurda bu iki sistemi bir arada kullanır ve bütünlük sağlar. Her sistemin bir annesi ve babası veya bir eril bir dişi prensiple çalışan organı bulunur.

Ağaç Elementi – Karaciğer dişi, safra kesesi eril

Ateş Elementi – Kalp dişi, ince bağırsak eril

Toprak elementi – Dalak dişi, mide eril

Metal Elementi – Akciğerler dişi, kalın bağırsak eril

Beyin söz konusu olduğunda sistem tam tersi işler.

Sağ lob dişi, sol lob eril prensibe dâhildir.

Sinir sistemi eril, kan damarları dişi, kanın şekilli elementleri eril, kan sıvısı ise dişi prensibe dahildir.

Eril ve dişil organ sisteminde, bedenin dışında yer alan organlardan içeriye bükülenler, delikler, nemli olanlar dişildir. Dış bükeyler ve sivri şekillilerse erildir.

Bedenin dışında yer alan ERİL organlar burun, penis, göz, dudaklar ve cilttir.

Bedenin dışında yer alan DİŞİL organlarsa burun delikleri, kulaklar, ağız ve vajinadır.

Diyelim ki, metal elementinin yüzdeki temsilcisi olan burunda bir akıntı başladı. Bu durum sadece burunla ilgili değildir. Metal ailesinin diğer üyeleri akciğerleri ve bağırsağı da ilgilendirir. Soğuk algınlığı diyerek hafife aldığın durum, ilerleyen zamanlarda akciğerlerini de etkiler. Dolayısıyla iyileşmeyi hızlandırmak için bağırsakları boşaltmalı ve katı besin tüketimine bir süre ara vermeli. Metali doğuran toprak elementidir. Toprak yani mide, çok yorulmazsa metal güçlenir. Metal elementinin elemanlarından olan bağırsak dinlenirse, akciğer gücünü daha hızlı toplar. Bir burun akıntısıyla başlayan soğuk algınlığı, kabul edilmeyen bir durum karşısında kendini zayıf ve güvensiz hissetmenle ilgilidir. Bağışıklık sistemi bedenin savunmasından sorumludur. Savunma zayıf düştüyse sen de yaşadıkların karşısında kendini zayıf hissetmişsindir. Bedenine destek olmak için beslenmeni düzenlemen kadar, duygusal olarak yaşadıklarını fark ederek kendine merhametli bir yaklaşım göstermen de, gücünü toparlamak için ihtiyacın olanları belirlemende ve hastalık yapıcı unsurların akciğerlerine ve boğazına yerleşmeden uzaklaşmasında yardımcı olur. Burun akıntısıyla kalmayıp boğazı da etkileyen bir soğuk algınlığı, duygusal olanın etkisinin devam ettiğini haber verir. "Kendini ifade edememeye öfkelenmişsindir." Boğaz bölgesi ifade etmekle ilişkilidir. Orada oluşmuş bir iltihap konunun ağaç elementine de sıçradığını işaret eder. Şimdi hüzün ve güvende hissetmeyen haline ve kendini yeterince ifade edememeye öfke duymaya başlamışsındır.

İltihapların hepsi karaciğer kaynaklıdır. Ağaç elementi devreye girdikten sonra konu sinir sistemine de yansır. Sorunu burada çözemezsen iltihap akciğerlere gider ve yerleşir. Yaşadıkların, ufak bir akıntıdan kronik bir probleme evrilir, vücudun dengesinde bozulma oluşur. Bir element aksadığında hepsi birden etkilenir. Ağaç elementinde meydana gelen bu bozulmadan ateş de etkilenir, ateş elementi yükselir. Beden o saatten sonra su sisteminden yeterli destek alamazsa hastalık bedeni ele geçirir. Buraya kadar anlattıklarımız teknik bir anlatımdı.

Bu durumu duyguda anlatırsak: Duygusal olarak seni etkileyen basit bir olayın sonucunda hastalığa varabilecek bir oluşum meydana gelmiştir. Kronik olarak nitelenen hastalıkların yanında kanser gibi semptomları çok hissedilemeyen ve aniden ortaya çıkan hastalıklarda beden iyi izlenirse başlamadan dahi çözüm bulunabilir. Bu farkındalık fiziksel dengeyi kurarak da idrak yoluyla da oluşabilir. Madde ve mana âlemi bir bütündür.

Su ve Ağaç Elementleriyle İlgili Örnekler

Kemikler, eklemler, kan sıvısı, böbrekler, mesane, karaciğer, safra kesesi...

Su, bedenin ana besin kaynaklarından birisidir. Susuzluk bedende birçok rahatsızlığı tetikler. Gün içinde su içmek aklına gelmiyor, zorla içiyor ya da su dışında başka sıvılarla susuzluğunu gideriyorsan, hayatına yeniliği alamıyor, tazelenemiyorsundur. Bu durumun uzun süre devam etmesi halinde böbreklerinde, kan sıvısının yoğunluğunda, kemiklerinde ve idrar yollarında rahatsızlıklar oluşması muhtemeldir. Hayatından su elementinin tadı olan tuzu çıkardığında ya da rafine tuz kullandığında, endişe ve olaylar karşısında panikleme halin artabilir. Beden ihtiyacı olan kaynağa ulaşamadığı için olanla yetinmenin yollarını bulur. Su oksijen ve canlılığın devamlılığı olduğundan hücreler ihtiyaçlarını karşılayamaz ve kuruma başlar, adeta çölleşme olur. Birçok hastalığın tetikleyicisi olan bu durum, senin yeniye olan direncin, değişimden korkun, olanın devam etmesi isteğinin bir sonucudur. Mutsuz olmana rağmen, ailenin bütünlüğü bozulmasın diye, ilişkini zorla devam ettirme çaban kimseyi mutlu etmeyecektir.

Korkular, az su içmeye sebep olabilir. Az su içmek de hücrelerde kurumaya ve çölleşmeye yol açarken, bel ile kalça arasındaki yağlanmayı da yoğunlaştırır. Aşırı su içildiğinde, mineral ve tuz kullanılmadığında da sonuç aynıdır. Terazinin her iki tarafı dengede olduğunda, doğru bilgiyi öğrenmeden de doğru şekilde davranmak mümkün. Yeniliği, değişimi, bilmediğin bir alana geçişi kabul edersin, doğru miktarda su alır, doğal tuz kullanır ve kendini güven içinde hissedersin.

Beyin ve omurilik de su elementine dahildir. Su elementinin negatif duygusu olan korku ve endişe, beyin rahatsızlıklarının ana sebebidir. Hayata güven ve sevgi yaklaşımları beyindeki rahatsızlıkların iyileşmesine yardım eder.

Kemikler ve omurga rahatsızlıklarının duygusal sebebi, hayatın içinde kendini ait hissettiğin bir temelinin olmadığını düşünmen, yeterli kaynağın olmadığından kendi yolunu çizememen, kendi binanı inşa edemiyor hissetmendir. Hayatın içinde kurduğun iskelet yapıyla ilgili sorunun vardır. Eğer omurga rahatsızlığın bel fıtığına dönüştüyse ve sorun sağ taraftaysa geleceğinle ilgili ağır bir yük taşıdığın inancına sahip olduğun, sorun sol tarafta ise maddi konularla ilgili kaldırabileceğinden fazla yük taşıdığın anlamına gelir.

Diz eklemlerinde ağrı, zorlanma ya da hareket sırasında sesler geliyorsa bedeninde asit birikmiştir. Bedenin en alkali sıvısı olan sinoviyal sıvıda alkaliden aside kayma olmuştur. Bu mesajın asıl sahibi safra kesesidir. Karaciğerde yorgunluklar başlamış; asitli beslenme, aşırı hayvansal gıda, kızartma, asitli içecek tüketimi ağaç elementinde sorun oluşturmuştur. Bu beslenmenin izlerinin temizlemesi için bedene yeterli su girişini yapmamışsındır, beden atıklarının sonuçları eklemlere zarar vermektedir. Bu durumu duygudan okuyacak olursak, öğrendiğin ve bildiğini değiştirmeye olan direncinden dolayı, hayata karşı esneyememiş, yumuşaman gereken yerde, sertlik ve katılığa devam etmişsindir. Hayata karşı diz çökememen, olayların karşısında esneyememen dizlerinde başlayan rahatsızlıkla ortaya çıkar.

Hayatın döngüsünde ağaç elementini doğuran suyu içmediğinde ağaç elementinin organları olan karaciğer ve safra kesesine de zarar verdiğini bu örnek çok net ifade ediyor. Yeniliğe, esnek olmaya direnci olanlar tıpkı, harlı bir ateşte kızmış yağa atılan bir sebzenin kuruyup, hatta biraz fazla kalsa yanması gibi kendilerini kurutur ve yağlandırır. Bu nedenle bir durum karşısında harekete geçemediğinde öfken artar, artan öfken yağlı ve kızartılmış ürünler tüketmene istek verir. Bu beslenme sende su içme isteği yerine asitli, soğuk ve gazlı içecek içme isteğini arttırır. Bu da döngünün yıkıcı bir hal alması anlamına gelir.

Öfke duygusu tarafında yönetilir hale gelen ancak asitli ya da yağlı beslenmeyen insanlar ise olaylarda, ilişkilerde ve odaklandıkları konularda öfkeli insanlardan beslenir. Sakin yapılı olan, sağlıklı beslenen ve çevresiyle uyumlu insanların çoğu dışarıda olan biteni eleştiren, yargılayan, suçlayan ve itiraz ettiği davranışları sergileyenlere öfkelenen bir hal içindedir. Bu da öfke frekansından olay ve ilişkiler aracılığıyla beslenmek demektir.

Öfke frekansında yaşamayı seçen bir kişinin, beslenme ya da olumsuz duygularının yol açtığı kirliliğin sonucu olan asit, böbreklerde taş yapar. Böbrek taşı olanların, mide ve pankreaslarında sorun vardır. Böbrek taşı, öfke frekansının bir ürünü olsa da o öfkenin ortaya çıkış kaynağı gerilim ve kontrol etme isteğinin yarattığı, "Benim dediğim şekilde olsun," halidir. Kişi az su içmiş, bolca katı ve asidik gıdayla beslenmiş ve mide asit dengesini bozmuştur.

Hatırlarsan bütün sıvıların su elementinin sorumluluğunda olduğundan bahsetmiştim. Mide, toprak elementinin bir üyesi olsa da mide sıvısı su elementiyle ilgilidir. Su elementi hayatın sonunu temsil eder. Sen de su içmediğinde bedeninde bir yerde bir enerjiyi sonlandırdığını hatırlamalısın. Su elementinin duygusu güvendir. Hayata güvendikçe, kontrolü bırakarak iyileşmeye başlarsın.

Ateş ve Toprak Elementleriyle İlgili Örnekler

Kalp, ince bağırsak, mide, pankreas, dalak...

Ağaç elementi dengedeyse ağacın doğurduğu ateş de güçlü ve dengeli olur. Her unsurun birbiriyle ilişkili olduğunu hatırladığımız sürece sorunun ortaya çıkış noktasının sonuç, sorunun kaynağının çözüm olduğunu biliriz.

Özellikle ailesi tarafından sevilmediğini düşünenlerin kalp ve ince bağırsak rahatsızlığı yaşama olasılıkları yüksektir. Aile tarafından doğum hikâyesi aktarılırken, "Biz senin erkek olmanı," ya da "kız olmanı bekliyorduk," veya "istemediğimiz bir anda doğdun," "kürtaj olmayı düşündüm, aldırmak için çok düşündük," gibi ifadeleri işitenler, onaylanmadıklarına ve sevilmediklerine şartlanırlar. Bu şartlanma başta düşük tansiyon olmak üzere çeşitli kan ve kalp hastalıklarının kökenini oluşturur. Değersizlik hissinin kaynağı, aile tarafından onaylanmamaktan kaynaklanır. Aile üyelerinden herhangi birinin erken ölümü, aileyi ya da çocuğu terk eden ebeveyn, değersizlik inancını pekiştirir. Bu da hayat ateşini azaltan bir etkendir. Ateş elementinde bir sorun oluştuğunda o kişinin heyecanının, yaşama sevincinin ve bir konuda ilerleme isteğinin az olduğunu görürüz. Şimdi burada hatırlaman gereken ateş elementi zayıf olduğunda toprağın da zayıf olacağıdır. Buna göre yaşam sevinci az olanlar ve yeterince sevildiğini hissetmeyenler hayata güvenmedikleri için sürekli dışarıyı kontrol etme ihtiyacında olacaklardır. Bu da başta mide rahatsızlıkları olmak üzere pankreas, dalak, kas rahatsızlıkları ve ilerleyen zamanlarda kalın bağırsak veya cinsel organ hastalıklarına yol açabilecektir.

Hayatın içinde olduğu gibi bedende de ateşi su söndürür, ağaç artırır, toprak zayıflatır.

Hayatta sevgiyi ve sevinci yeterince alamadığında geçmişi değiştirmek isteyen veyahut ondan şikâyet eden tarafın pankreasına zarar verir. Pankreas öyle bir organdır ki bedenindeki tüm organların ve sistemlerin enerji kaynağının merkezidir. Buradaki bir tıkanma tüm bedensel gücün azalmasına yol açabilir, hayatın neşesi, tadı tuzu kalmaz. Çevrende şeker hastalığı olan birisini dinlediğinde onun, geçmişten ne kadar şikâyet ettiğini fark edeceksin.

Toprak elementinin iki organı olan mide ve pankreas kontrol, gerilim ve şikâyetle sağlığını yitirecek hale gelir. Şikâyet ettiğin ister kendin ister başkaları olsun bu aslında bir dedikodu enerjisidir. Dedikodu enerjisi adeta bir çaresizlik döngüsü yaratır, bu durum senin kendine acımana, aşırı hassaslaşmana ve çokça ağlamana neden olur. Bu hal, kanının kirlendiğinin işaretidir. Özellikle ayak başparmağının çıkıntısında (bunyonlarında) şişmelere sebep olur.

Dedikoduya varan şikâyet ve eleştirileri bıraktığında vücudun kanı temizlemeye başlar. Doğadan destek almak için sarı renkli gıdalar, mide için sarı kantaron yağı, pankreasın için kudret narı, dalak için antioksidan kırmızı ve mor sebze, meyve yiyebilirsin.

Ateş elementini güçlendiren tatlar, acılar, kırmızı renkli gıdalardır. Taze yeşil gıdalar ve ekşi tatlar kalbi besler.

Metal Elementiyle İlgili Örnekler

Kalın bağırsak, akciğer, cilt...

Yaşamın doğal döngüsünde sonbahar, kışa hazırlık olarak kabul ettiğimiz bir dönemdir. Bu dönem çıkan sebze ve meyveler çoğunlukla beyaz renkte, keskin tatta ve bol posalıdır. Bu yiyeceklerle bağırsaklar iyi çalışarak kendini temizler. Arınmış bir bağırsak güçlü bağışıklık sistemi demektir. Havalar soğurken ısıtıcı tatlar bedeni havanın serinliğine karşı koruyup, kışa hazırlar. Bu dönemde yaz sebze ve meyvelerini tüketmeye devam ettiğinde beden, bunların serinletici etkisinden dolayı kendini koruyamaz hale gelir. Toprak elementini güçlendirip, bağırsak ve akciğerlerini daha iyi besleyebilirsin. Özellikle patates, bal kabağı, muz gibi hafif tatlı bol potasyumlu gıdalarla beslenebilirsin. Gevşemek ve akışına bırakmak hem mide hem de kalın bağırsağı rahat ettirir. Metal elementinin diğer üyesi olan akciğerler, kalın bağırsaktaki olumlu veya olumsuz durumdan çok kolay etkilenir. Bağırsaklar boşaltım yapamadığında akciğerler soğuk algınlıklarına daha açık hale gelir.

Bu nedenle soğuk algınlığının başlangıcında kalın bağırsak boşaltımını sağlamak önemlidir. Böylelikle bağışıklık sistemi daha kolay harekete geçer.

Bırakmak senin için zor bir eylemse kabızlık, kolit ve hemoroit gibi rahatsızlıklar yaşaman muhtemeldir. Kalın bağırsaklarında ya da akciğerlerinde bir sorun yaşadığında, sorunu başlatan faktörün bir kalp kırgınlığı, derin bir üzüntü, ya da geride bırakılamayan duygusal bir sıkıntı olduğunu hatırlamalısın.

Bu ailenin duyudaki temsilcisi olan ciltte meydana gelen hastalıklarsa kendini korumasız, savunmasız ve dışarıdan gelebilecek zararlara karşı rahatsız hissetmenden dolayı olur. Alerjiler çoğunlukla metal elementi ve onun temsil ettiği duygulardan kaynaklıdır.

Metal elementiyle ilgili bedeninde bir sorun olup, olmadığını gözlerinin ağ tabakasından kolaylıkla tespit edebilirsin. Gözlerinin iç kısımlarında bulunan beyaz bölümde ortaya çıkan kızarıklık ve kanlanmalar, kalın bağırsakların ve sindiremediğin duygularınla ilgilidir. Gözlerinin dış kenarlarına doğru olan beyaz bölümde oluşan kızarıklar ise akciğerlerinle ve yaşadıklarını kabul edememenle ilgilidir.

ELEMENT	ORGAN VE SİSTEM	HASTALIK	DUYGU	SORUNU HABER VEREN İFADELER	İYİLEŞTİRMEK İÇİM DESTEKLENMESİ GEREKEN SİSTEMLER
AĞAÇ	KARACİĞER, SAFRA KESESİ, SİNİR SİSTEMİ, GÖZLER	KARACİĞER RAHATSIZLARI, GÖZ HASTALIKLARI, SİNİR SİSTEMİ SORUNLARI, DEPRESYON, DİZ RAHATSIZLARI, İLTİHAPLAR, SİVİLCELE, TUTULMALAR, KİLO SORUNLARI, SAFRA KESESİ SORUNLARI, BOYUN TUTULMALARI, SİNİR BAĞLARI, TENDONLAR, FİZİKSEL GÜÇ KAYNAĞI, YAĞ METABOLİZMASI, DAMARDAKİ YAĞLANMA SORUNLARI, SELÜLİTLER, TİK,	ÖFKE, SALDIRGANLIK, KIZGINLIK, , KİBİR, DEĞERSİZ HİSSETME,	KESİNLİKLE, ASLA, KATİYEN, MÜMKÜN DEĞİL, OF, ÖF, BUNU ANCAK BEN BİLİRİM.	SU SİSTEMİ, SU İÇMEK, MİNERAL DENGESİ, DOĞRU TUZ KULLANIMI, ASİT VE ALKALİ DENGESİNİ KURMAK. AĞAÇ ELEMENTİ; YEŞİLVE ÇİĞ SEBZE TÜKEMİNİ ARTTIRMAK. YEŞİL RENK KULLANIMI
ATEŞ	KALP, İNCE BAĞIRSAK, DAMARLAR, KAN DOLAŞIMI, DİL, KALP ZARI, ÜÇLÜ ISITICI, KAN	KALP RAHATSIZLIKLARI, DAMAR SORUNLARI, İNCE BAĞIRSAK SORUNLARI, TROİD, ÜŞÜME, ATEŞ BASMASI, HAREKETSİZLİK, KRONİK YORGUNLUK, AŞIRI TERLEME, YÜZDE KIRMIZILIK,	NEŞESİZLİK, MUTSUZLUK, SABIRSIZLIK,	HEMEN, HADİ, ÇABUK, HIZLI, SONRA, BAKARIZ,	AĞAÇ ELEMENTİ; EKŞİ TATLAR, TAZE YEŞİLLİKLER, ALKALİ BESİNLER. ATEŞ ELEMENTİ; AZ ACI, KIRMIZI BESİNLER, ANTİOKİSDANLAR, SICAK VE SICAK TATLAR, HAREKET ETMEK, KIRMIZI RENK KULLANIMI
TOPRAK	DALAK, MİDE, PANKREAS, TÜKÜRÜK SIVISI, AĞIZ, KASLAR	MİDE KAYNAKLI SİNDİRİM RAHATSIZLIKLARI, ŞEKER HASTALIĞI, PANKREAS RAHATSIZLIKLARI, KAN ÜRETİMİ SORUNLARI, KAS HASTALIKLARI	GERİLİM, DUYGU DALGALANMALARI	EN, DAHA, KEŞKE, FAZLA, BENİM KONTROLÜMDE, HALLEDERİM, GEREKLİ, MECBUREN, OLSAYD, HER, HEP, AYNEN	ATEŞ; AZ ACI TATLAR, KIRMIZI VE ANTİOKSİDAN BESİNLER. TOPRAK GÜÇLENDİRİLECEK: HUBUBATLAR, TAHILLAR, PROTEİNLER, ILIK TATLAR, SARI RENK KULLANIMI
METAL	AKCİĞER, KALIN BAĞIRSAK, BURUN, CİLT, SOLUNUM SİSTEMİ, BOŞALTIM SİSTEMİ	KALIN BAĞIRSAK RAHATSIZLIKLARI, ASTIM, ALERJİ, SOĞUK ALGINLIĞI, CİLT SORUNLARI, BAĞIŞIKLIK SİSTEMİ SORUNLARI	KEDER, HÜZÜN,	BEN BİLİYORUM, BEN BİLİRİM, AMA, FAKAT, BUNA RAĞMEN, DURSUN, KALSIN, BIRAKAMAM, VEREMEM, LAZIM OLUR.	TOPRAK: SARI GIDALAR, HUBUBAT, TAHIL, AZ TATLI, PROTEİNLER, SARI RENK. METAL GÜÇLENMELİ: SOĞAN, SARIMSAK, ZENCEFİL, NANE, OKALİPTUS, LAHANA, KARNABAHAR, PIRASA, TURP GİBİ BEYAZ YİYECEKLER.
SU	BÖBREKLER, MESANE SİSTEMİ, İDRAR YOLLARI, KAN SIVISI, YUMURTALIK, PROSTAT, TÜM BEDEN SIVILARI, KULAKLAR,KEMİKLE	HORMON BOZUKLUKLARI, BÖBREK RAHATSIZLIKLARI, İDRAR YOLU RAHATSIZLIKLARI, CİNSEL BÖLGE RAHATSIZLIKLARI,KEMİK RAHATSIZLARI, SAÇ BEYAZLAMA VE DÖKÜLMELERİ, GÖZALTINDA SİYAH LEKELER, SAÇLAR, HORMONLAR	KORKU, ENDİŞE	KORKUYORUM, ENDİŞELİYİM....OLURSA,P ANİKLİYORUM,	METAL SİSTEMİ; KEKREMSİ VE KESKİN TATLAR, BEYAZRENKLİ GIDALAR, PROBİYOTİKLER, KÖKLÜ BESİNLER, ALKALİ BESİNLER SU SİSTEMİNİ GÜÇLENDİR, SAKİNLEŞTİRİCİ BİTKİ ÇAYLARI, FASULYE CİNSLERİ, HUBUBATLAR, DOĞAL TUZ, SU, NEFES ÇALIŞMALARI, UYKU RİTMİNİN DÜZENLENMESİ

Gün Döngüsü

Hayatın doğal işleyişinde mevsimlerde gördüğümüz akışı gün içinde de yaşarız. Beden saatinin işleyişi bu akışa uyduğunda daha sağlıklı olabilirsin.

Sabah beş ve yedi arası, boşaltım yapmak bağırsakları; sabah yediyle ve on bir arası hafif tatlı bir yiyecekle başlayan kahvaltı yapmak mide, pankreas ve dalağı çalıştırır ve güçlendirir.

Öğlen on bir ve on beş arası aşırı egzersizden uzak olmak, aşırı sıcaktan korunmak kalp sağlığına iyi gelir.

Öğlen on beş ve on dokuz arası bol sıvı tüketmek, bitki çayları, meyve ve kuruyemiş yemek böbrek ve mesane sağlığına iyi gelir.

Akşam on dokuz ve yirmi üç saatleri arasında sosyalleşmek, kendini mutlu hissettiğin yerlerde olmak dolaşım sistemini ve kalp sağlığını destekler.

Gece yirmi üç ile gece yarısı üç arası yemekten uzak durmak, sakin ve dingin bir halde olmak karaciğer ve safra kesesi sağlığına iyi gelir. Bu sayede yağ metabolizması tam performans çalışır. Bu arada korkudan, gerilimden ve seni tedirgin edecek filmlerden, belgesellerden ya da haberlerden uzak dur.

Sabaha karşı üç ve beş saatleri arası derin uykuda olmaya özen göster. Vücudun gün içinde gözden kaçırdığı ve onarması gereken birçok hücreyle bağlantı kurmasına, zihnin sakinleşmesine ve hayatın şarj edici enerjisini almana imkân sağlayacaktır.

Ömür Döngüsü

Ağaç elementi doğumun,
Ateş elementi çocukluğun,
Toprak elementi yetişkinliğin,
Metal elementi olgunluğun,
Su elementi yaşlılığın ve ölümün temsilcisidir.

Hayat döngüsüyle uyumlu hareket ettiğinde tüm sistemlerin birbirlerini destekleyerek iyileştirdiğini, döngüye direndiğindeyse bedenin, duyguların ve düşüncelerin üzerinde hastalık ve sorunların oluşabileceğini hatırlamalısın. Uyum da uyumsuzluk da senin elindedir. Bilgi önemli olsa da kullanabilmek ve uygulayabilmek çok daha değerlidir.

Hayatın içinde bir eşyayı bırakamamakla bedenden dışarıya gönderilmesi gerekeni bırakamamak aynı enerji frekansının sonucudur. Temelde gerçekleşemeyen eylem bırakmaktır. Bu nedenle bırakamadığın bir hal karşısında yaşadıklarının eninde sonunda bedenine etkisini hatırlamalı ve farkındalığını kendi merkezinde toplamalısın. Seni bu hayatta konforlu kılacak ilk maddi sahipliğin bedenindir. Ona ne kadar değer verirsen, yaşanmışlığının demini yaşaman o derece keyifli olur.

İstemediğin bir olay karşısında yaşadıklarının seni hüzünlendirmesi normaldir. Normal olmayan bu hüznün içinde adeta kendini yok edercesine kalma isteğin olur. Bu halin sonunda beden yakıtını boşa kullanmış olursun. Sağlık senin en önemli servetindir. Nefes aldığın sürece buradasın, o nefes seni hayata bağlarken onunla olan sağlıklı bağın da bedenini beslediğini hatırlamalısın. Herhangi bir duygusal dalgalanma ya da travmaya varabilecek etkiler yaratan olaylar sırasında ilk yaptığın şey nefesini kesmek olur. Bedeninde hangi alanı beslemediğini, hangi enerji alanıyla bağının zayıf olduğunu fark edebilmen için sana bir egzersiz öneriyorum.

Nefes Egzersizi

Sakin bir mekânda, yere sırt üstü uzan. Yaklaşık bir kilo ağırlığındaki bir cismi yanına al ve öncelikle kalbinin üzerine koy. Otuz saniye boyunca burada bırak, hareketini izle. Ardından ağırlığı kaburga kemiklerinin altına koy ve yine otuz saniye boyunca hareketini izle. Sonra göbeğinin üzerine koy ve otuz saniye boyunca hareketi izle. Son olarak aynı şeyi göbeğin altına, leğen kemiğiyle göbek deliği arasına koyarak dene. Kullandığın cismin nerede az, nerede çok hareket ettiğini tespit et.

Kalp bölgende kımıldama az ise, kalp ve ateş elementiyle ilgili sorunların vardır. Yaşam sevincin azalmış olabilir, sevildiğini az hissetmekle ilgili duygular yaşıyor olabilirsin.

Kaburga kemiklerinin altında kımıldama az ise, karar almakla ilgili sorunlar yaşıyor olabilirsin. Mide ve pankreasınla ilgili sağlığına özen göstermelisin.

Göbek üstü bölgesinde hareket az hissedildiyse, bir konuda bırakamadıkların ve sindiremediğin haller olabilir. Kalın bağırsakların ve bağışıklık sisteminin çalışmasında bir aksama olabilir.

Göbek altı bölgesinde hareket az hissedildiyse, endişelendiğin konulara odaklandıkça hepsini muhtemelen burnunun dibinde hissediyorsundur. Cinsel enerjinde dengesizlik, enerji düşüklüğü oluşabilir.

Ağırlığı yerleştirdiğin bu noktaların hepsi bir dalganın kıyıya vuruşunda olduğu gibi uyum içinde ve dengeli çalışıyorsa duygu ve bedensel olarak sağlıklısındır. Sadece bir veya iki tanesi iyi bir ritme sahip diğerlerinin ritmi azsa denge yine bozulmuş demektir. Fazla çalışan bir bölge diğerinden enerji çekiyordur. Diyelim sadece göbek deliğiyle kaburgalar arasındaki bölge inip kalkıyor. Diğer yerlerde herhangi bir hareket yok. Bu durumda aşırı kontrol ve kendini savunma isteği söz konusu demek mümkün. Dolayısıyla mide rahatsızlıkları ve buna bağlı olarak su sistemi ve cinsel enerji dengesinde bozulmalar yaşanabilir.

Nefes Akışına Bakarak Okuma Yapmak

Nefesi tutarak konuşmak ya da konuşurken nefesinin kesildiğini hissetmek, kişinin kendine uyguladığı duygusal baskıları anlatır.

Çok hızlı nefes alıp vermen, kendini bir alanda kısıtlanmış hissetmenle ve bir konuya geç kalmışlığınla ilgilidir.

Çoğunlukla ağızdan nefes alıyor, burundan aldığın nefesinde zorlanıyorsan, başkasının otoritesini kabul etmek senin açından zordur.

Burun deliklerinden sağ taraf tıkalıysa maddi konulardaki gelişmeleri ve hayatın akışını olduğu gibi kabul edemiyorsundur.

Burun deliklerinden sol taraf tıkalıysa ya da nefes almakta zorlanıyorsan, sezgilerine önem vermiyorsundur ve iç sesini dinlemekte zorlanıyorsundur.

Nefes aldığında sadece göğsün üst kısmı hareket ediyorsa ve alt kısma nefes inmiyorsa, kararlarını kendi başına almak senin için zordur, mantığını harekete geçiremiyorsundur ve duyguların seni yönlendiriyordur.

Nefes aldığında sadece üst karın hareket ediyorsa, karar merkezi olarak kendini görüyorsundur. Güçlü ve iktidar sahibi olmak senin için önemlidir.

5. BÖLÜM

BEDENE BAKARAK HAYATI OKUMAK

Fiziksel Özelliklerin Verdiği Mesaj Nedir?

Şu an bu kitabı okurken duruşuna, bedenin aldığı şekle odaklan. Ağırlık merkezinde sağa mı sola doğru mu, boynun veya sırtın öne doğru mu, omuzlar düşük ya da geriye doğru mu, omuzların kalkık mı, kasılmış mı, bacakların üst üste mi binmiş, ayak parmaklarından herhangi birisi gergin mi, bedeninin herhangi bir yerinde gerginlik ya da kasılma var mı, yüzün nasıl?

Bu anlattıklarım senin hayata karşı nasıl bir duruş sergilediğini anlatıyor. Şimdi bugüne kadar yaşadığın farklı zamanlardaki kendine bir daha odaklan, yürürken, otururken, çalışırken nasıl bir duruş sergiliyorsun?

Duruş ve Yürüyüş

Omuzların düşükse, hayat şartlarının ağırlığı sana kendini baskı altında hissediyordur. Omuzları öne alarak göğüs kafesini sıkıştırıyorsan, sevildiğini hissedemiyor olabilirsin. Duruşundan dolayı sırtında bir kamburluk oluşuyorsa, hayatın sorumluluklarını kaldırmakta zorlanıyor olabilirsin.

Omuzlarını geriye atarak göğsünü öne çıkartıyorsan, kendini gösterme ihtiyacın vardır. Öne çıkamayacak, değer göremeyecek, farkını ortaya koyamayacak olmanın korkusunu yaşıyorsundur.

Yere bakarak yürüyorsan, seni aşağıya doğru çeken duygu ve düşüncelerin vardır.

Yürürken başını biraz fazla yukarıya kaldırıyorsan ve çenen yere paralel değil de daha yukarıdaysa kendini herhangi bir alanda yeterince değerli hissetmiyorsundur. Bu duygunu dışarıya, başkalarını küçümseme şeklinde yansıtıyorsundur.

Yürürken boynun bedeninden ilerideyse, acele ediyor, geç kaldığın ve yayıldığın alanlardan dolayı kendini suçluyorsundur. Boynun yanlış duruşu tüm omurgayı etkiler ve bu hal ileride bel fıtığına sebep olabilir.

Ayakta dururken veya yürürken boynun sağa yatması maddi konulara direncini, sola doğru yatması iç sesine olan direncini gösterir.

Bir kadın yürüyüşünde esnek ve kıvraksa hayatın içinde çözümleyici ve üretkendir.

Bir erkek yürüyüşünde güçlü ve emin adımlar atıyorsa, kol ve bacak uyumlu ise o kadar kendinden emindir.

Yüz ve Mimikler

Yüzündeki tüm bölümler bir duygu ve organla ilişkilidir.

Duyguların ve düşüncelerin elektriksel etkilerinin tekrarıyla oluşan mimik çizgileri ve kırışıklıklar, hangi organımızın ne durumda olduğunu söyler. Ayrıca eğilimlerimiz ve nasıl bir programla dünyaya geldiğimizle ilgili bilgiler verir. Yüzdeki renk değişimleri, duygusal durumlar yaşandığının göstergesidir.

Örneğin, yüzünün beyazlaşması, yaşadığın bir olayı içine alamadığın ya da sindiremediğini gösterir. Bu durum akciğer ve kalın bağırsaklarını etkiler, bedende metal elementinde bir sorun olduğuna işaret eder.

Yüzünün kırmızı renkte olması, kalp ve dolaşım sistemiyle ilgilidir. Özellikle burun kenarları ve yanakların ön kısmının aşırı kızarması, o bölgede damarların zorlanmasına bağlı ince çizgiler oluşması kalpte zorlanma olduğunu gösterir. Acele ve telaşla hareket etmen nedeniyle kendini zorluyor olabilirsin.

Yüzünün yeşile çalan bir renkte olması, safra kesesinde soruna işaret eder. Belki çamurlaşma veya taş oluşumu başlamış olabilir. Prensip diye bildiklerin senin esnemenin önünde engel oluşturan katılıklara dönüşmüş olabilir.

Yüz sarı tonlardaysa mide sorunlarından söz eder. Kontrol etme isteği baskındır.

Yüzde ve özellikle gözaltlarında siyah renge yakın bir kararma böbrek ve mesane rahatsızlıklarına işaret eder. Herhangi bir konuda korku ve seni aşağıya çeken bir duygu hali olabilir.

Yüzde herhangi bir yerde çıkan sivilce, zorlanan karaciğeri ve duyguda öfkeyi anlatır. Yine yüzün herhangi bir yerinde bulunan benler karaciğer ve öfke duygusuyla ilgilidir.

Şimdi aynanın karşına geç ve yüzünü ilk defa görüyormuş gibi incele. Yüzünün sağ ve sol tarafı arasındaki farkları bul, noktalarının, lekelerinin, çizgilerinin ve varsa sivilcelerinin nerede olduğunu tespit et. Sonra yüzüne bir daha bak ve hâkim olan duygunun ne olduğunu hisset. Orada ne var? Hüzün mü, neşe mi, keder mi, mutluluk mu? Bulduklarını birlikte değerlendirelim.

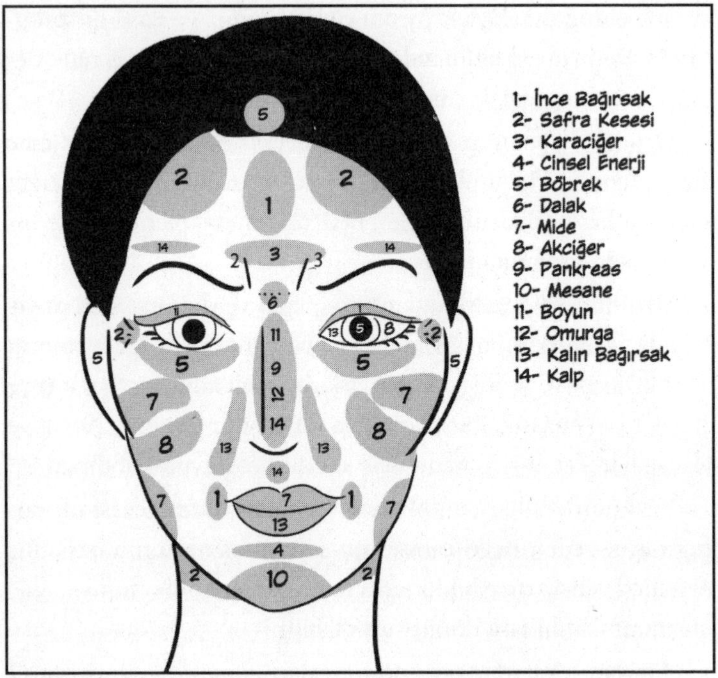

Yüzünün sağı eril tarafını, solu ise dişil tarafını temsil eder. Gözlerinin altı, böbreklerini ve böbrek sağlığını, duyguda ise korkularını; göz torbalarının hemen altı ve elmacık kemiklerinin üst kısmı mideni ve kararlarını uygulama gücünü; elmacık kemiklerin ve hemen altı akciğerlerini ve hayatın içinden alabilme kabiliyetini; burun kalbini ve neşeni; burun kemiğin omurganı ve hayata karşı duruşunu; burnun hemen altı ve dudak üstü ince bağırsak ve kalbini; üst dudak mideni; alt dudak bağırsaklarını; dudak kenarları ince bağırsaklarını; dudak altı ve alt çene çızgine kadar olan bölüm mesaneyi ve cinsel hormonları; gıdın ve hemen çene altı safra keseni; alnın karaciğer ve safra kesesini; iki kaş arası burun kökü ise dalağı temsil eder.

Anlattıklarımdan yola çıkarak tespit ettiğin lekeler, noktalar, çizgiler ve benler yüzün hangi alanındaysa, okumalarını buna göre yapabilirsin.

Alt dudağında bir çatlak oluşması, kalın bağırsağında susuzluk ve sindirim zorluğu olduğunu anlatabilir.

Benler bulundukları bölgede enerji akışında bir tıkanma olduğunun bilgisini verirler. Ben hangi bölgedeyse, sana neyin mesajını verdiğini anladığında uygun görüldüğü takdirde aldırabilirsin.

Gözler, hayatı kavrayış ve bakış açısını anlatır. Gözlerin iri ise bütünü görüp bağlantı kurabilme, küçükse ayrıntıları ve detayları görüp bağlantı kurabilme yeteneğin vardır.

Burun yüz bölgesinde en önde duran organdır. Bu nedenle öne çıkma, ünlenme ve kendi alanında tanınmanla ilgilidir. Burnunun şeklinden çok rahat nefes alıyor olman, doğal şeklinin kabul ve korunması önemlidir. Kişinin burnunu küçültme operasyonu geçirmeden önce bunları göz önünde bulundurması iyi olur.

Şimdi yeniden aynaya bak! Yüzünü, kaşlar ve burun arası orta bölüm, burun dibinden çene ucuna kadar alt bölüm, kaşlarından itibaren saç dibine kadar olan bölümse üst bölüm olacak şekilde üçe ayır. Yüzünde hangi bölüm ön plana çıkıyor ve daha büyük alan kaplıyor:

Üst bölüm, zihin ve aklı yoğun kullanıyorsundur.

Orta bölüm, duygularını yoğun kullanıyorsundur.

Alt bölüm, irade, hırs ya da egonu yoğun kullanıyorsundur.

Denge her zaman en büyük güçtür, daha zayıf bıraktığın tarafa yönelerek kuvvetlendirmen, dengeyi kurmanı kolaylaştırır.

***

Kadınların yüzünde istemeyen tüylenmelerin olduğu bölgeler, ilgili meridyenlerde ve elementlerdeki tıkanmayı gösterir. Çenedeki tüylenme mesane, burun altı hormonlar, yanaklarsa akciğerdir. Erkeklerde sakal bölgelerindeki kıl eksikliği, hormonlarla ilgili sorunları anlatır.

Eller ve Ayaklar

Ayaklar hayatın içinde ilerlemeni, yol almanı, bir konuda istikrar göstermeni anlatır. Ayak tabanında tüm organ ve sistemlerin refleks noktaları bulunur, bunu aşağıdaki görselde paylaşıyorum.

Ayak başparmağın büyükse güçlü bir karaciğerin vardır, ikinci parmağın uzunsa iştahlı ve güçlü bir miden vardır, eğer en küçük parmağın uzun ve kuvvetliyse güçlü bir mesane ve su sistemin vardır. Ayak küçük parmağının dış kenarında nasırlaşma meydana geliyorsa öğrenilmiş kalıpların nedeniyle cinsel konularda kendine baskı uyguluyorsundur. Ayak altında meydana gelen nasırlaşmalar ilgili organın enerji akışıyla ilgili tıkanmalar olduğunu anlatır.

Ayak başparmak yanındaki tümsekler kan kirlenmesi ve dedikoduculuğa işaret eder.

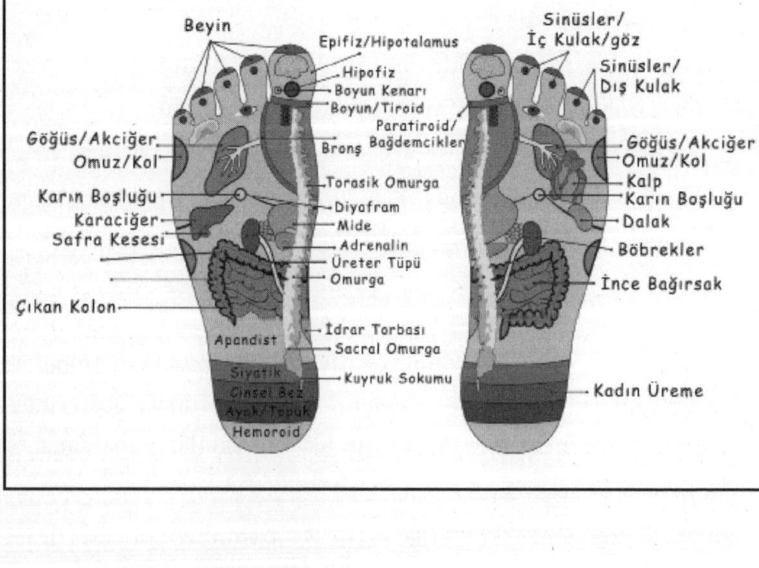

Eski bir ayakkabını eline al ve incele. Tabanında hangi bölgeler daha fazla aşınmış? Burun kısmı aşınmışsa, çok acele ediyorsun demektir. "Hadi, çabuk, hızlı, daha ve en..." kelimelerini sıklıkla kullanıyor olabilirsin. Ayakkabının dış yanlarından sağ taraf aşınmışsa geleceğine ve otoriteye karşı öfke var demektir. Sol taraf aşınmışsa geçmişe ve maddi konulara öfkelisindir. Topuk eskimişse yumurtalık, prostat ve böbrek enerjisini bloke eden bir korku vardır. Ayakkabının iç kısmındaki aşınma bağırsakla ilgilidir, sindirilememiş olayların ve duyguların varlığını haber verir.

Yıllarca önce komşumun annesi rahatsızlandı, uzun süren tahlil ve incelemelere rağmen kansızlığının yarattığı yorgunluk ve halsizlik şikâyetleriyle haftalarca hastaneye gidip geldiler. Bir gün onları ziyarete gittim. Annesinin yüzü sapsarıydı. Üst dudağındaki derin çatlağa da gözüm takıldı. Doktorlar henüz sorunun kaynağını bulamamıştı ve bu durum onu daha da yormuştu. Nedeninin mide olabileceğini söyledim. Çünkü işaretler bana midesinde bir yara olduğunu söylüyordu. Yüzü sarı, üst dudakta çatlak ve ayak başparmağının yanındaki parmağın ortasında da yara vardı. Muhtemelen midede büyük bir yarası vardı ve bu da demir emilimini etkiliyor olabilirdi. Hastanın kızı ve üniversitede profesör olan komşum buna itiraz etti. Tüm kan tahlillerinin yapıldığını söyledi. Ancak itirazlarına rağmen beni dinlediğini bir hafta sonra kapımı çaldığında anladım. Annesinin midesinde büyük bir yara oluşumu teşhis edilmişti ve kansızlıktan daha büyük sorunlar başlama noktasındaydı. Doğru zamanda yapılan teşhis tedavinin sonuçlarını hızlandırmıştı. Merakla bana, "Bu kehanet sistemini nasıl öğrendin?" diye sordu. Ben de ona bunun kehanet değil, işaretleri okuma sistemi olduğunu anlattım.

Eller temelde ruhsal ve bedensel yetenekleri sembolize eder. Uzun parmakları olanlar sanata ve zanaata yatkın, normale göre kısa olan parmaklar engellenmişlik hissini anlatır. Ellerle ilgili kaza ve kesikler farkında olmadan kendini suçlayarak cezalandırma isteğinden kaynaklanır. Yanıklar, yakıcı öfke ve kızgınlıkları; iltihaplar öfkeyi; siğiller ise kendini onaylamamayı ve yeterince güzel bulmamayı anlatır.

Başparmak, akıl ve zekâyla alakalıdır. Olumlu duygusu güven, olumsuz duygusu endişedir. İşaret parmağı, ego ve kişisel alanın sınırlarını temsil eder. Olumlu duygusu, ben istediğimi biliyorum, kendi alanımı biliyorum ve koruyorum; olumsuz duygusu ise dediğim gibi olsun ve benim dediğimi yap, düşüncesidir. Kontrol etme isteğini anlatır.

Orta parmak, harekete geçmek, ilerlemekle ilgilidir. Olumlu duygusu hoşgörü, olumsuz duygusu yapamamaya ve yapılmasına engel olana öfkedir. Yüzük parmağı, ortaklık ve evlilik ilişkisini temsil eder. Bir araya gelenlerin, bağ kuranların ve anlaşmaların yarattığı heyecanı anlatır. Olumsuz duygusu uyumsuzluk ve çekişmedir. Küçük parmak, sevgi duyulanlar ve sevgi bağı kurulanları temsil eder. Olumlu duygusu sevginin yarattığı neşe, olumsuz duygusu mutsuzluk ve incinmişliktir.

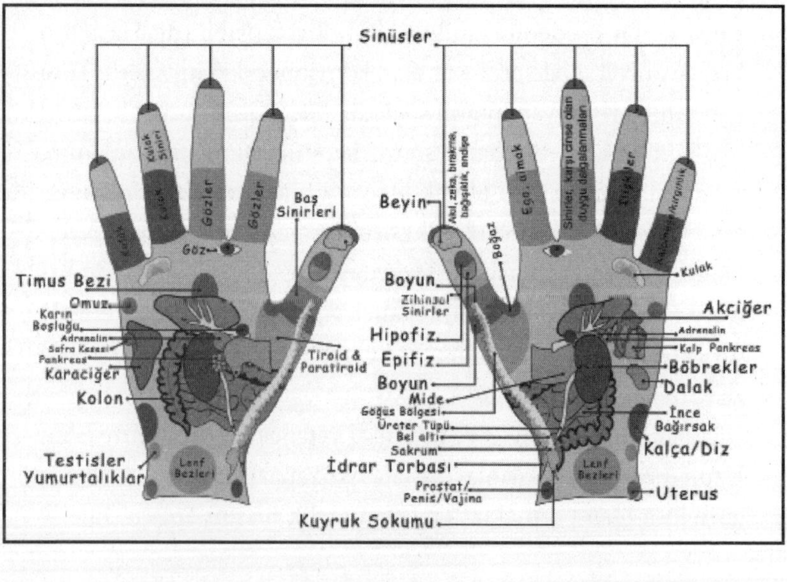

Dil

Sindirim organları başta olmak üzere beş element ve refleks noktaları dilde de mevcuttur. Ayurveda sistemine göre hastalıkların ana nedeni, dilde biriken beyaz tabakadır ve bunun bir diğer adı "âma"dır. Bu beyaz tabaka aşırı asit ve mantarlaşma yüzünden oluşur. Her gün dil temizliği yaparak bu tabakayı atmak çok önemlidir. Çünkü bu beyazlık, iç organlardaki zehrin ve sindirim bozukluğunun da habercisidir. Dilde oluşan kabartı, aşınma, yarılma, çizik ve yaralar, bulundukları noktaya göre beden sağlığıyla ilgili bilgi verir.

Çizim: Emirhan Perker

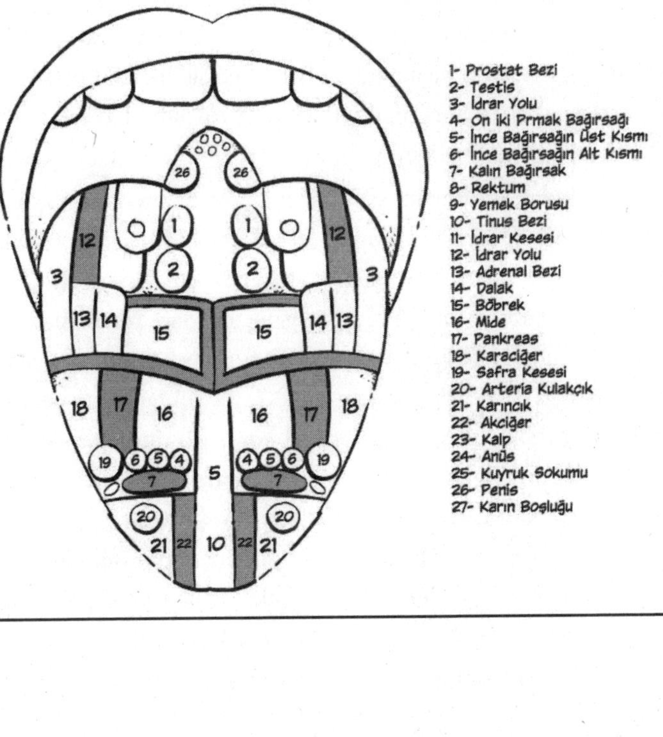

Ağız ve Dişler

Ağız, hayattan aldıklarımız ve ifade ettiklerimizin çıkış noktasıdır. Ağzının büyük olması seni konuşkan, yaşama karşı istekli ve iştahlı yapabilir. İnce bir üst dudak zayıf bir mideye işaret ederken kalın bir üst dudak ise güçlü bir mideyi anlatır. Üst dudak aynı zamanda babanın madde tarafını sembolize eder. Bu, babanın annene olan yaklaşımının senin üzerindeki etkisini, aynı zamanda babanın, annesi ve kadınlarla olan ilişkilerinin senin üzerindeki etkisini de temsil eder. Burada oluşmuş bir yara izi veya ben, senin bu konuyla ilgili zorlanmalarını veya babanın senin tarafından hazmedilemeyen yönleri olduğunu anlatır. Dudağı kalınlaştırmak için yapılan operasyonlar, bahsettiğim konulardaki mesajları görmezden geldiğini anlatır. Burada görmek istemediğin ve hatta silmeye çalıştığın mesajlar başka alanlarda karşına çıkar. Bunlar, mide sorunları, cinsel sorunlar ya da kontrol edemediğin olaylar şeklinde hayatına gelebilir.

Alt dudak, sindirim sisteminin kalın bağırsakla ilgili kısmını temsil eder. Kalın bir alt dudak güçlü bir sindirimi, ince bir alt dudak zayıf veya hassas bir sindirimi temsil eder. Aynı zamanda senin babadan aldığın geleceğe dair planlama ve organize olma yeteneğini gösterir. Babanın, erkeklere ve özellikle otoriter figürlere bakış açısını anlatır. Babandan sana geçen bu konularla ilgili yaklaşımları temsil eder. Alt dudakta yara veya kesikler kalın bağırsağındaki bir probleme işaret eder. Aynı zamanda erkeklerle ve otorite figürleriyle yaşadıklarını tam olarak sindiremediğin noktaları gösterir. Alt dudağını kalınlaştırmak için yapılan müdahaleler, geleceğinle ilgili özellikle erkeklerle yaşayacağın alışverişlerde yanılabilme payını arttırır.

Dişler kararlarını, hangi alanda sıkışıklık yaşayacağını ya

da netleşebileceğini gösterir. Üst çene babadan gelen davranış miraslarınla ve akrabalarınla olan bağınla ilgilidir. Aynı zamanda geleceğin, ilhamların ve hangi alanlarda hareket edeceğini anlatır. Alt çene annenden gelen davranış miraslarını ve anne tarafından akrabalarınla olan bağını temsil eder. Aynı zamanda maddi konular, geçmişte yaşadıklarının izleri, dünyaya bakış açını anlatır. Alt çene ve üst çene kapanışları eril ve dişil prensipler arasındaki dengeyi gösterir.

Hangi taraf ve hangi dişle sık çiğneme yaptığın da önemlidir. Örneğin sol tarafla daha çok çiğniyorsan annen, kadınlar, geçmişle ilgili konular, madde ve para işleri, bedendeki dişil organlarla ilgili durumlar senin için daha ön plandadır. Sağ tarafla çiğniyorsan bedendeki eril organlar, gelecekle ilgili konular, gelecek beklentileri, otorite olan insanlar, erkek ve babanla ilgili gündemin daha yoğundur.

Çizim: Emirhan Perker

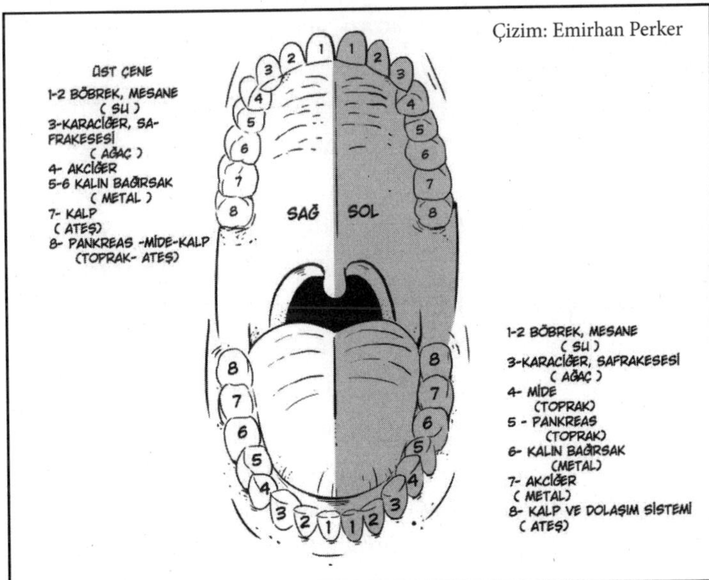

Alt çenedeki dişlerinin birbirini sıkıştırarak üst üste binmesi, maddi konularda sıkışıklık veya günlük akışın yoğun olması, anne, kız kardeş veya bir kadınla ilişkinin bağımlı hale gelmesini temsil eder. Alt çenede bulunan dişlerin aralık olması maddi konularda rahatlığa işaret eder. Çok aralık olması kadınlarla ve anneyle mesafeli olmaktır. Hayatın içinde sorumluluk alıp harekete geçerken yavaş olmaya meyil verir.

Üst çenede dişlerin birbirini sıkıştırarak üst üste binmesi, gelecekle ilgili konularda istenilen ilerlemenin kaydedilememesi, önceliğin kendinden başkasına verilmesi, geçmiş gündemin daha önemli olması, baba, erkekler veya erkek kardeşle kurulmuş ilişkinin baskı kuran etkisini temsil eder. Üst çenede dişlerin arasının aralık olması olayların gelişmesinde şans ve fırsatların yoğun olması demektir. Fazla aralıklı olması ise eril enerjiyle bağın azlığını ifade eder. Ayrıca geleceğe dair hedefleri uygulamada gevşek davranmaya meyilli olmakla ilgilidir.

Yirmili yaşlarımın ortalarına geldiğimde, alt çenemin sol tarafındaki yirmi yaş dişim çıkmaya başladı. Çıkarken de ağzımdaki dişleri sıkıştırıp, üst üste binmesine neden oluyordu. Diş hekimi yirmilik dişimi çekmesi halinde bu sıkışmanın düzeleceğini söyledi. O gün bana yapılan bu teklif, bende bir dişimi kaybedeceğim hissini uyandırdı. Yirmilik diş yerine, istersem, çürük oluşmuş olan bir önceki dişi çekip yirmiliği bırakabileceklerdi. Ben ikisinden de vazgeçemedim. Dişlerimin sıkışmasını kabul ettim. Doktorun dediği oldu. Ancak hayatımda sonradan farkına varacağım başka gelişmeler de oldu. O günlerde maddi konularda başlayan bazı beklenmedik olaylar yıllar içerisinde defalarca sıkışmama neden oldu. Ta ki o gün yapılan teklifin ağzımın içinde bir ferahlama yaratacağını anlayıncaya kadar bu durum devam etti. Bir halde uyanmıştım. Gittim ve yirmilik dişimin önündeki azı dişimi çektirdim. Ardından ortodonti tedavisi alarak alt çenemde oluşan bu sıkışıklığı giderdim. Yıllar önce adeta kendime maddi konularda uyguladığım blokaj bu vesileyle kalkmış oldu.

Bu deneyimin en önemli kazanımı kendime maddi konularla ilgili baskı uyguladığımı fark etmem oldu.

Kendine baskı uygulamanın açığa çıktığı başka bir alan gece uykuda diş sıkmak ve gıcırdatmaktır. Diş sıkan insanların genellikle ilişkilerde karşı tarafı idare ederek alttan aldıkları ve yapmak istediklerini baskıladıkları görülmüştür. Diş gıcırdatmalarda ise anne baba arasındaki geçimsizlik ve çatışmanın şuuraltına yaptığı iz düşümüdür. Kişi kendini iki taraf arasında sıkışmış ve çaresiz hissediyordur. Her iki durumda da ebeveynlerden birisi baskıcı veya kontrolcü bir yapıya sahip olabilir. Bu durumu değiştirebilmenin ilk şartı, farkında olmadan kendine uyguladığı baskıdan özgürleşmeye karar vermektir.

Dişler kararlarla ilgilidir. Dişlerle ilgili yaşadığın ağrılar karar alamadığın için kendini suçlamandan, dişlerde oluşan iltihaplarsa yaşadığın öfkeden kaynaklanır.

Kiloların Anlamı

Kilolar, bedenin hangi bölgesinde birikiyorsa beden bu alanlardaki bir sorundan söz ediyordur. Çocukluktan beri gelen herhangi bir zorlanma, hastalık ya da korku bedenin kendini koruyabilmesi için onu yağlanmaya sevk eder. Korunma ihtiyacı devam ettiği sürece yağlanmaya ihtiyaç sürer. Kişinin burada kendini savunmak ve korunmak için bir kalkan olarak ürettiği yağ dokusu kendine ve yaşama güvene geçebildiği sürece kolaylıkla da sağlıklı bir hale dönüşebilir.

1. Göbeğin üst tarafında toplanmış yağlar babaya, erkeğe ve bir gelecek planı olmamasına öfkeyle ilgilidir.
2. Göbeğin alt kısmında biriken yağlanmalar ise anneye, hayata ve bedene duyulan öfkelerle alakalıdır.
3. Karın şişkinliği sindirilememiş duyguların ve eyleme aktarılamamış bilgilerin işaretidir.
4. Sırt kısmındaki yağlanmalar geçmişte yaşanılan çeşitli zorlukların tekrarlayacağına dair korkularla ilgilidir.
5. Basen bölgesi babayla olan bağdan kaynaklı güven sorunu yaşamak demektir. Güven duygusunun tam olarak rahat ettirilememesi...
6. Bacakların altı, hayata güven duyamama, baskıcı ya da aşırı prensipli anneyle olan bağın korumasız hissettirmesidir.
7. Kolların üstü, sevildiğini hissedememe ve bu nedenle korunmasız hissetmek.

Yemek Seçimi

Beslenmek, hayatın bize yaptığı teklifleri, güzellikleri ve tatları alıp kabul edebilmemizle ilgilidir. Beslenme şeklimiz, hayat içerisindeki davranışlarımızın formunu gösterir.

Unlu mamullerin aşırı tüketiminin ardında, yokluk kodlarının etkisi vardır. Elindeki kaynakların yetmeyeceği endişesinden kaynaklanır.

Kızartılmış ürünleri fazla tüketme isteği, talep ettiğin bir alanda harekete geçememenin verdiği kızgınlığın sonucudur.

Tatlı ve şekerli ürünlere düşkünlük, hayatın birçok alanındaki tatları alamamaktan kaynaklanır. Geçmiş anıların ve deneyimlerin tekrarlanması yönünde bir talep var demektir. Duygusal veya cinsel alanda alınamamış lezzetlerin eksikliği de söz konusu olabilir. Dengeli bir doyuma ulaşıldığında, aşırı tatlı yeme isteği normalleşecektir.

Sıklıkla fast-food ya da ayaküstü yemekler tüketme isteğinin arkasında, kendine değer vermeme, bazı alanlarda kendini durdurma ve tembellik yatar.

Az çiğneyerek yemek, olayları hazmetmekle ve sindirmekle ilgili sorunları ifade eder. Önemli konular üzerinde yeterince durulmuyordur. Sorunlar az irdeleniyordur.

Fazla yemek yiyenlerde, hayatın onu beslemediği veya besleyemeyeceğiyle ilgili korkular ve endişeler vardır.

İştahsızlıkta ise hayatı sevmeme ve köklenememe söz konusudur. Sunulan fırsatlar görmezden geliniyordur ve yaşama yargıyla bakılıyordur.

Su içmemek, alamamak ve kabule geçememektir.

Aşırı alkol tüketimi de kendini uyuşturma isteğinin bir göstergesidir.

6. BÖLÜM

POZİTİFİ VE NEGATİFİ OKUMAK

Aşırıya Gittiğin Yerde, Dengeyi Hayat Kurar

Kabul edelim ki artık herkes sürekli pozitifte kalma çabası içerisinde değil mi? "Aman negatif olma, olumlu kal!" baskısı kitaplardan, sosyal medyaya, dizilerden, programlara kadar her alanda karşımıza çıkıyor.

Pozitiflik giderek bir zorunluluk halini alıyor gibi... Her şeye "evet" her şeye "gülücük" her şeye "onay".

Ancak buna karşılık negatifte olmak iyi değildir, hayır demek ayıptır baskısı da işin cabası...

Kim senden ne istiyorsa vermek zorundasın. Çünkü "hayır" demek çok ayıp değil mi?

Çoğumuz böyle yetiştirildik, hepimize böyle öğretildi. İşin ilginç yanı Türkçede "hayır" kelimesi yok, sadece "olur" kelimesi var. "Hayır" kelimesi dilimize sonradan girmiş. Yaşadığımız coğrafyada hissedilir düzeyde kuvvetli bir "hayır" diyememe sorunu var. Çünkü, bu toplumsal bir kod.

Dünyanın birçok yerinde, çocukların "evet ve hayır" isteklerine nasıl tepkiler verdikleri incelenmiş. "Hayır" anlamına gelen eylemsel ifade neredeyse hepsinde başı sağa sola sallamakken, "evet" anlamana gelen eylem ise başı yukarı ve aşağı sallamak. Oysa bizim coğrafyamızda "evet" ifadesinin eylemi, kafayı sadece aşağıya doğru sallamakken, "hayır" ifadesinin tepkisi de kafayı yalnızca yukarı doğru kaldırmak. Bundan çıkaracağımız sonuç, toplumumuzun evet ve hayır demeye bakışının kendine özgü olduğudur.

Ben de sadece "evet" diyerek başını öne eğenlerdendim. Benden bir yardım talebinde bulunulduğunda, onu yerine getirmeyi kendime görev bilirdim. Aldığım bilgiler ve kodlar bu şekilde davranmama neden oluyordu. O yüzden yirmi sekiz yaşına kadar, ticaret gibi inisiyatif kullanmam gereken işlerden bilinçli olarak uzak durdum. Sadece danışmanlık ve eğitim konularında çalıştım. Dış dünyayı ticaret yapacak kadar iyi tanımıyordum. Üniversitede arkadaşlarım bana "mutlu çocuk" diyorlardı. Çünkü sürekli olumluydum, çevremdekilerin istediklerini onları mutlu etmek için yapardım. Ancak burada çok önemli bir nokta var. Ben birinden yardım ya da destek almayı bir eksiklik olarak görüyor, verememeyi negatif olarak nitelendiriyordum. Buna karşılık vermeyi çok iyi bildiğimi düşünüyordum. Bana ait olan her şeyi başkalarıyla paylaşarak hatta bazen bende olanı tamamen vererek, pozitif biri olduğumu zannediyordum. Bana göre teklif edileni, sunulanı almak keyifli bir şey değildi, vermekse hayatın en güzel tatlarından biriydi.

Genç yaşlarımda Türkiye'nin önde gelen sanayicilerinden birisinin sağlık danışmanlığını yapıyordum. Bana zaman zaman, "Senin için ne yapabilirim, neye ihtiyacın var?" diye sorduğunda adeta kilitleniyor ve cevap dahi vermekte zorlanıyordum. Onun bana yaptığı bu teklif karşısında kendimi aciz hissediyordum. Aslında belki de ilerlemem için ondan isteyebileceğim birçok konu varken, ben susup teklifini her seferinde reddediyordum. Aynı dönemde Marmara Üniversitesi Sağlık

Bilimleri Fakültesinde yüksek lisans yapıyordum. Bahsettiğim kişi üniversitenin rektörüyle beni överek tanıştırdı. Onun yaptığı bu jest ve övgüler karşısında utanmıştım ve kendimi hiç de iyi hissetmemiştim. O günlerde anlayamadığım bu övülmekten, kendinden daha güçlü ve yetkili bir kişinin beni desteklemesinden neden rahatsız olduğumu ilerleyen yıllarda daha iyi anladım. Övgüyü almak, himaye edilmeyi kabul etmek, bir başkasının gücüne alan açmak için "almayı" kabul etmek gerekiyordu. Hayat bana otuzlu yaşlarımdan itibaren belki bir on yıl "alma" eylemini zorla yaptırarak öğretti.

Şimdi sen de düşün zorlandığın herhangi bir durumda yardım teklif edildiğinde, teklif edene göre mi, yoksa kendi durumuna göre mi cevap verirsin.

Gelelim vermeyi üstün sayan halime, birçok şeyi verdiğimi düşünüp bundan da çok mutlu olduğumu anlattım ya, zannetme ki aşırıya gittiğim o dönemde doğru yerde doğru olanı veriyormuşum. Bir yerden saçıyorken, diğer taraftan da çok sıkı tutarak bırakmadıklarım varmış meğer. Hatta bazı alanlarda istifçilik yapıyormuşum. Özellikle kitaplar konusunda farkında olmadan bırakamadığımı, bir daha elime almayacağımı düşündüklerimi dahi kimseyle paylaşamıyordum. Aşırıya gittiğim tarafımın benden gizledikleri varmış. Kitap biriktirmemin arkasında aslında, geçmişten getirip bırakamadığım fikirler, kararlar ve sahiplendiğim bilgilerim varmış. Bu eşya, bilgi ve hal olarak biriktirdiklerim, bedenimde de safra kese ve böbreklerimde taş oluşumlarına neden olmuştu. Konunun sebeplerini fark etmeye başlasam da çözümü oluşturmak hemen mümkün olamadı. Çünkü insanın öğrendiği ve tutunduğu bir bilgiyi gönüllü bırakabilmesi, "Seni bırakıyorum," demekle olmuyordu. O tutunma haline neden ihtiyaç duyduğumu bulana kadar bu bağ devam etti. Senin de tahmin edeceğin üzere bırakamamak hali en son bağırsaklarıma uğradı. Geçmişte bırakamadığım deneyimlerin izleri neredeyse beni yüksek tansiyon hastası yapacaktı.

Üniversite eğitimim, spor geçmişim, araştırma merakım, ruhsal çalışmalardan öğrendiklerim, danışanlarıma yardım ederken edindiğim bilgi ve tecrübeler kendi sorunlarımı o ana kadar çözmeye yetmemişti. Çünkü ben kendim ve dışarısı diye ayırarak sadece dışarıya odaklanıyordum. Suçlanacaklar da sorumlular da dışarıdaydı. Seyrettiklerimin hayat aynasında bana beni anlattığını fark ettiğim anda kendime yönelişim başladı. İtirazlarım azalmaya, kabul edişlerim artamaya başlamıştı. Aslında almaya olan direncimin, olanı kabul edememememden kaynaklandığını anlıyordum. Ben aşırıya gittikçe, sadece verdiklerimi görüp tuttuklarımı görmezden geldikçe, göz bebeğim dediklerim elimden alınıyordu. O an ki düşünceme göre iyilik yapıp, pozitif duygularla yaklaştıkça karşımda seyrettiğim negatif davranışların hâlâ sebebini anlayamıyordum. Güzellik ve iyilik eken bunların mahsulünü almalıydı. Hatayı nerede yaptığımı henüz bulamamıştım. Aynada seyrettiğim kişiler bana beni anlatıyorsa bu seyredip kabul edemediklerim de ben miydim? Kafam iyice karışmıştı, onlar benden yansıyan olamaz diye itiraz ediyor, onları değiştirmeye ve benim gibi olsunlar diye kontrol etmeye çalışıyordum. Elbette olaylar kontrolden çıkıyor ve ben başladığım yere geri dönüyordum. Ne yapmam gerektiğini bilmek uygulayabilme gücünü vermiyordu. İyi, kötü demeyi ve yargılamayı bıraktığım anda açım değişti, hissedişim değişti, olayların seyri değişti. Anladım ki kontrol etmeye çalıştığım olay ve kişiler, hayata ve onu var edene güvenmediğim için karşımdaymış. Oysaki su kendi yatağında en doğal şekliyle akıyormuş, boşa çırpınan benmişim. Bu hal beni sakinleştirdi ve huzura, kabule geçişimi kolaylaştırdı.

Aşırıya gittiğin yerde dengeyi hayat kurar.

Aşırı Pozitife Gittiğini Nasıl Anlarsın?

En büyük pozitif alan, aşırı hareket, sakinleşememek, olayları ve insanları kontrol etmek, aşırı düşünme hali, çözümün sadece kendinde olduğunu düşünüp ben hallederim demektir.

Bir gün bir akrabamın oğlu memleketten benim yanıma, İstanbul'a geldi. Ürünlerini satmış, karşılığında çek almış ve bunu nakde dönüştürmek için banka ve faktöring şirketleriyle görüşme yapıyordu. Ben kendisine, "Boşuna faiz ödeme, ben sana çekinin karşılığını ya da ihtiyacın olan parayı vereyim. Sen de çekini tahsil edince bana parayı gönderirsin," dedim ve parayı verdim, çeki de onda bıraktım. Aradan uzun bir zaman geçmesine rağmen karşı taraftan ses seda çıkmadı. Bunun üzerine birkaç defa telefonla kendisini aradım, ancak sonuç alamadım. Derken bu para alışverişi yüzünden onunla ve ailesiyle aramıza soğukluk girdi. Memlekete gittiğimde benden kaçmak zorunda hissettiler. O gün benden herhangi bir yardım talebi olmadığı halde birine yardım etmeye kalkışarak onun mücadelesine engel olduğum için dersimi aldım.

Burada temel prensip, önce senden talep edileni iyi dinlemektir. Yardımınla onu kurtaramayacağını bilerek, o yardımı samimiyetle yapmaya karar verdiğinde sen veren el değil, talebi karşılayan el olursun, böylece denge korunur. Talep edeni aciz bir durumda görerek yapacağın yardım, seni herhangi bir durumda aciz bırakabilir.

Aşırı Negatife Gittiğini Nasıl Anlarsın?

En büyük negatif alan hareket etmen gerekirken hareketsiz kaldığın alandır. Herhangi bir hal ve durumda yeniliğe direniyor, değişime itiraz ediyorsan negatif enerjinin içindesindir. Bu bırakman gereken bir alışkanlık, bitmesi gereken ama devam ettirmek zorunda hissettiğin bir ilişki ve tembellik yaptığın konulardır.

Yıllar önce işine aşırı zaman ve enerji harcadığı için sağlığı bozulan bir danışanımla iyileşmesine yönelik birtakım çalışmalar yaptık. Başta beslenmesini düzenledi, sağlıksız ve asitli gıdaları hayatından çıkardı, sigarayı bıraktı, spora başladı ve detoks uygulamaları yaptı. Bir yıl gibi kısa sürede sağlığına kavuştu, günlük iş akışını da yeniden düzenledi.

Kendini işine adayan, değişime ve hayat içinde hareketsiz kalarak yeniliğe direnen danışanım, yepyeni bir bakış açısı kazandı. Kendine bakmayı, spor yapmayı ve sağlıklı beslenmeyi adeta iş edindi. İş yerinde oluşan sorunları görmezden gelmeye, çözüm oluşturmak yerine işyerinden uzak kalmaya başladı. Eskiden bedenine davrandığı sorumsuz hali işyerine taşıdı, "Maddi koşullarım iyi, elimdekiler bana yeter, iş yerimi devredip, sakin bir hayat yaşayacağım," diyordu. Ancak ne işyerinden vazgeçiyordu ne de rahatından, kısaca bulunduğu durağan halden yeni bir hale geçmek istemiyordu. Hayat onu duydu ve işyerindeki sorunlar büyüdü, görünür hale geldi. İşiyle, özel hayatının ritmini kuramadığı ve sorumlulukları alamadığı için yeniden çalışma hayatı ön plana çıktı. Geri döndüğündeki tempo, sağlığının kötüleşmesine sebep oldu. Sonrasında yine beni aradı. Biz de bir süredir çalışmamıza ara vermiştik, yeniden bireysel görüşme istediğini söyledi. Ben de ona, "Geçtiğimiz dönemde neyi ihmal ettin ve nerede aşırıya gittin?" diye sordum.

"Aynı kalsın, değişmesin duygumu terk etmemişim meğer," dedi. "İşimle bedenim arasında takas yapıp, yerlerini değiştirmişim sadece. Bedenim kanserden kurtuldu ama şimdi işim kanser oldu. Bunun bir dengesi yok mu, illa bir bedel mi ödemek zorundayım, hayat bana ne zaman adil olacak, bir şansım varsa kullanmak istiyorum, eskiye döndüğümü bilmek, yeniye kapıyı açmaktan bile ağır geldi."

Buna karşılık, "Dursun, kalsın, aynen orucuna var mısın?" diye sordum.

"Aynı kalsın," dedikçe, kanser yer değiştirmişti ama gitmedi, o gün bedenindeydi, ama şimdi işinde ve ilişkilerinden emiyordu enerjisini. "Sen aynılığı bırakmaya hazırsan, yaşam yeniden yolunu aydınlatır," dedim.

İşindeki düzenlemeleri yaptı, bazı şeyleri bırakırken sancı çekse de her seferinde sonuca odaklandı, durdurduğu konularda hareketi başlattı, hayatı dengeye girdi, kanser frekansını hayatından kovdu.

Eylemde ya da eylemsizlikte aşırıya gittiğinde, dengeye gelebilmen için sorunları veya hastalıkları hayatına çekebilirsin. Bunlardan kaçmak istediğinde, görmezden geldiğinde, yüzleşmekten korktuğunda ve mesajı almadığında, son örnekte anlattığım gibi, kanser bir yerden bir yere sıçrayabilir. Bazen bedeninden, işine ya da ilişkilerine bazen maddi gelirlerine bazen moral dünyana bile geçebilir. Sorunlar her geçiştirmede mesajını aktaramadığı için senin dikkatini çekecek şekilde etkisini arttırır. Bu bir balonun şişip son noktaya gelmesiyle aniden patlamasına benzer bir sonuca sebep olabilir. Bunun adına kaza diyoruz. İster olay kazası ister beden kazası ister trafik kazası... Fark etmez...

Gerçekleştiği anda yaptığın, düşündüğün ya da yapmaya çalıştığın neyse durur ve bütün dikkatini kaza anına verirsin. Artık bütün dikkatin kazanın sana işaret ettiği noktadır. İster elini incitmiş ol, ister bisikletten düşmüş ol, ister bir kayıp haberi almış ol, o an diğer konular önemini yitirir ve kaza öne çıkar. Belki sabah, o günkü programının yoğunluğu nedeniyle yemek dahi yemeden çalışıyordun, ama şimdi kazanın üzerindeki etkisi seni yemek yemekten bile alıkoyan işleri, kenarı koyar. Aslında bu yaşamın sana el uzatması, kaza aynasından sana seni seyrettirmesidir.

"Bak bu aynaya, bu aynada
kendini gördüğün sürece buradasın. Hatırla kendini!
Bir gün, sana kendini hatırlatmak için dahi
bu bedeni bulamayabilirsin.
Çek elini seni senden uzağa koyandan. Bak kendine!
Buradaysan hepsi çözülür, yardım istemeyi hatırla,
seni desteklememize izin ver, her şey sen içindeysen güzel!"

Kaza, bir enerji boşalmasıdır. Gücü ve etkisi biriktiği süre kadardır. Bazen toplumlara, bazen topluluklara bazen sadece bireye gelir.

Kaza, ani bir eylemi ifade ettiği için pozitif bir enerjidir. Ancak uzun süredir vermekte ya da almakta olana, yani itiraz eden tarafa akarak dengeyi kurar.

On dokuz yaşına kadar yurtiçi ve yurtdışı müsabakalarda başarılı bir sporcuydum. Yarışmayı ve rekabeti egoyu güçlendiren, hırsı arttıran bir etken olarak görüyordum. Sonra yarışmaları bırakmaya karar verdim. Fakat bu kararıma rağmen aylarca nerede müsabaka varsa koşa koşa gidip katıldım. Kendi kararımla çelişen bu tarafım çeşitli kazalar ve sakatlıklar yaşamama sebep oldu. Her direncim yeni bir sakatlık doğuruyordu. Omuz bağlarımın kopması sonucu defalarca müsabaka sırasında kol kemiğim yerinden çıktı. Olanlar bana adeta, "Çık bu alandan," diyordu. Kol kemiğim artık omuz kemeri içinde duramayacak hale gelince, olay ve beden kazası bana aldığım kararı uygulattırdı: "Müsabaka dönemi bitti."

Bu yaşadıklarım, hayat amacımdan uzaklaşıp, gitmem gereken yoldan çıktığım için kol kemiğim, sağ omuz kemerimden çıkıp beni yanlış yolda ilerlemekten almıştı. Bu sayede hayat amacımı erken yaşlarda hatırladım ve eğitmenlik görevime başladım. Bildiğim bir konuda desteğe ve bilgiye ihtiyacı olan ve benden yardım isteyenlere rehberlik etmek bana iyi gelmişti. Neredeyse ameliyat olmak zorunda kalacak kadar inatlaştığım, kas yırtıklarımı iyileştirmek için aradığım yöntemler, beni bu konuda başka insanlara da faydalı olabilecek bilgilerle buluşturdu.

Kazalar enerjiyi yansızlaştırmak için gelir. Depremler ve doğal afetler de birikmiş olan negatif enerjiyi alıp temizler. Doğal afetlerden sonra insanların ne kadar sakinleştiğini sen de izlemişsindir.

Kendi merkezinden, kendi amacından ve yolundan uzaklaştığında tekrar kendi merkezine gelebilmek için dışarıdan gelen her türlü ani itiş ve etki sana hizmet eder.

Aşırılıklar sadece alma ve vermekle ilgili değildir. Bir halde fazla oyalanmak, içine girdiğin duygu halinden çıkmak istememek de aşırılıktır. Geçmişte yaşadığın bir olayın senin üzerinde yarattığı etkiye yapışıp, onunla yatıp kalktığında hatta geleceğini bu yaşanmışlıkların etkisiyle kurmak istediğinde de aşırıya gidersin. Her tekrar rutine, rutinler de bağımlılığa dönüşür. Sürekli tekrarlayarak yaptığın eylemler, düşünce kalıpları, ifade ettiklerin bir durağanlık oluşturur ve hareketsiz bırakır. Her türlü erteleme ve yaptığın tembellikler seni geleceğe ilerlemekten alır. Bu, hayat sürekli ileriye giderken, senin onu durdurma hatta geriye götürme isteğinin sonucudur. Geride bıraktığın ama tekrar yaşamak istediğin; iyi, güvenli ve güzel hissettiğin deneyimlerin olabilir. Bunun tam tersi; bahsi açıldığında hüzünlendiğin ve tekrarından korktuğun hoşuna gitmeyen olaylar da olabilir. Tekrarını istiyorsan da, tekrarından korkup yeniye adım atmaktan kaçıyorsan da, "aynen" frekansı seni yönetir. Sadece seni değil, ilişkilerini, evini, işini, ifadelerini, seçimlerini kısaca senden yansıyan ne varsa yönetir. Geçmişi tekrarlamak zihnin için kolay yoldur. Kolayı ve bildiğini seçerek, geçmişe demir atmak geçmişe hapsolmaktır. Eskide kalma isteğinin kökündeyse madde, beden ve anneyle ilgili anlayamadığın ve çözemediğin konular vardır. Hareket etmeden, kımıldamadan, hayat ve annen seni beslesin istiyorsundur. Çocukluğundaki tatları duyumsayarak ve yaşadıklarını yâd ederek geçmişle bağlantı kurmak istiyor böylece geçmişteki ortamları yeniden oluşturmak için hamleler yapıyorsundur ya da geçmişten sürekli şikâyet ediyorsundur.

Ayaklarının üzerinde durup, ihtiyaçlarını karşılayıp seçimlerini kendi özgür iradenle yapacak hale gelene kadar geçmişin güdümü devam eder. Eğer geçmişte yaşadığın korkular tekrarlanıyor veya korkunun üzerindeki etkisini bırakamıyorsan böbrek, mesane sorunları ve cinsel rahatsızlıklar yaşayabilirsin. Hayat içerisinde de olaylar korktuğun şekilde gelişir. Geçmişte yaşadığın bir üzüntüden sürekli bahsetmen solunum sistemi ve akciğerlerinde rahatsızlıklar oluşturur.

"Dursun, kalsın, lazım olur, sonra yaparız..." gibi kelimeler geçmişte kalma ve bırakamama halini güçlendirir. Bu durağan halinden seni harekete geçirmek ve dengelemek için hayatın yardım eli uzanır ve seni merkezine davet eder. Bağın ne kadar güçlü, direncin ne kadar fazlaysa gelen yardımı hissedişin de o denli sert olur. Bu yardım bazen hastalık, bazen bir ilişki kazası, bazen bir kayıp ya da ekonomik bir sorun olarak bu hali bırakmana yardım edebilir.

Zihinsel veyahut bedensel olarak aşırıya giden bir hareketliliğin varsa, özellikle hayat koşuşturmalarına kendini çok fazla kaptırıyorsan, kendine ayıracak hiç boş vakit bırakmıyor ve önceliğini dışarıya ya da başkalarına veriyorsan geleceğe yönelik yaşamaya başlarsın. Bugün ve yarın programlarla, işlerle doludur ve hâlâ yapmak istediklerin vardır ama zaman sana yetmiyordur; gelecekten, gün ödünç almaya başlamışsındır. Böyle durumlarda hayata ve yaşadığın ana köklenmen zayıflar. Başladığın işleri yetiştiremediğin için tamamlayamaz hale gelirsin. Bir sürü yarım kalmış konu ve iş birikir durur. Sen yine yeni işlere başlarsın. Gelecekte yaşamak geçmişin köklerinden beslenememek, babayla ilgili sorunlarla ilgilidir. Burada merkez nokta babadır. İster babaya çok düşkün ol ister babadan uzak veya şikâyetçi ol esas konu babadır. Ona isyan, karşı gelme veya koyduğu kurallardan çıkmaktan korkmak bu alandaki sorunun şiddetini belirler.

Şu andan uzaklaşıp hayatı geleceğe erteleyerek yaşadığında, geç kalmışlık hissiyle olanı hızlandırmaya çalışırsın. "Hemen, çabuk, haydi, zamanım yok, zaman yetmiyor ve işim çok," gibi kelimeleri sıklıkla kullanılırsın. Çünkü istediğin kendini yavaşlatmaktır.

Gelecekte yaşamak şimdide olmamaktır. Şimdi, yani içinde bulunduğun zaman, senin ve hayatın merkezidir. Hayatın ritminden daha hızlı gideceğini zannederek süratini arttırdığında, bu tempoyu durduracak, seni merkezine getirecek ve önceliği kendine vereceğin eylemleri hayatına davet edersin.

Bu durumlarda çoğunlukla kalp damar sorunları, yüksek tansiyon ve yorgunluk kaynaklı rahatsızlıklar yaşanır. Bazen bir alanda meydana gelen iflasla denge kurulur. Bu ekonomik, bedensel veya duygusal bir iflas da olabilir.

İster maddeci ol ister ruhçu ister anneci ol ister babacı ister geçmişte yaşa ister gelecekte, hepsi merkezinden uzakta olduğunun işaretidir.

Hayat içinde çok farklı gibi görülen alanların benzer özellikler taşıdığını okudukça, kâinatın muhteşem matematiğine hayranlığın da artar.

İnsanın kendini tanıma ve hayatı anlama gayreti eski devirlerden beri en önemli konu olmuştur.

Peki, insan kendini nasıl tanır?

Tabii ki fizik bedeninden, sağlığından, yaşadıklarından, seçimlerinden, duygularından, ilişkilerinden ve dışarıya yansıttıklarından kendini tanıman mümkündür.

Anne, baba ve yetiştiğin aile, senin ilk şekillendiğin alandır. Kendini onlarla tanımlarsın. Kimin oğlu ya da kızı olduğunu soyadında taşır, kimlik bilgilerinle kendini toplumun bir parçası olarak konumlandırırsın. İlk anıların, travmaların, sevinçlerin, hayallerin ve gelecek hedeflerin aileyle şekillenir. Ailenle olan bağında kendini okuduğun zaman, birçok sorunun cevabını da bulmuş olursun.

Ailenden Yansıyanlar

Ailenin kaçıncı çocuğu olduğun, anne ve babanın mesleki veya sosyal durumu, büyüdüğün çevre, birlikte yaşadığınız coğrafi yer değişiklikleri, yaşamın boyunca sen farkında olsan da olmasan da yaptığın seçimler üzerinde etkili olmuştur. İstemediğin halde maddi zorluklara alışmış hatta bu zorluklardan kaçamıyor bile olabilirsin, ilişkilerinde aldatılıyor, terk ediliyor veya sana kötü davranan insanları hayatına çekiyor da olabilirsin. Bunların kaynağını gördüğünde dönüştürebilmenin anahtarını da eline alırsın. Ailenden öğrenip, tekrar ederek alıştığın davranış kalıplarını üzerinden atabilirsin.

İyi bir teşhis iyileşmenin yolunu açar.

Aile içinde seyrettiğin otorite figürünün kim olduğu, gelecekte otorite figürü olarak kimi ciddiye alacağını belirler. Evde kural koyan, sözü geçen babaysa, devlet ve ilahi sistem senin için otorite olacaktır. Bir erkeği otorite olarak kabul edersin. Evde kural koyan, sözü geçen anneyse, hayat içerisinde otorite koyan güç, maddi yasalar ve ekonomik konular olacaktır. Bir kadını otorite olarak kabul edersin. Aile içinde kural tanımaz ve karşı çıkan tarafsan ilerleyen yıllarda senin için otorite figürü kimse onun temsil ettiği prensiplerle sorun yaşarsın.

Seyrettiğin aile modelinde, anne baba çatışmaları varsa, kronik solunum sistemi rahatsızlıkların, diş gıcırdatmaların, duruş ve omurga rahatsızlıkların oluşabilir. Öğrendiğin bu durumla birlikte tekrarlayacağın ikili ilişkilere ihtiyaç duyarsın. Sosyal çevrende çatışma içinde olacağın insanların içinde olursun.

Aile modeli içinde sana karşı baskıcı tutum sergileyen birisi varsa, ilerleyen yıllarda o baskıya ihtiyaç duyarsın. Aile bireyi erkekse baskıyı erkeklerden, kadınsa baskıyı kadınlardan hissedersin.

Kız çocuğu babadan veya ailedeki bir erkekten baskı gördüyse, baskıcı veya istediklerinin yapılmasına zorlayan bir erkek ya da kural koyucu bir unsura ihtiyaç duyar. Bu baskı bazen o kız çocuğunu aşırı kuralcı ve katı yapabileceği gibi tam tersi bir etki yaratıp, kural tanımayan, yasalarla ve kurallara sorun yaşayan bir kişi de yapabilir. Bedende kalın bağırsak ve safra kesesi sorunları oluşabilir.

Kız çocuğu anneden veya ailedeki bir kadından baskı gördüyse, maddi konularda, iş hayatında, bedensel ve duygusal konularda baskıya ihtiyaç duyar. İş yerinde amirinden, okulda öğretmeninden, evlilikte kayınvalidesinden baskı görür ve sorun yaşar. Öğrendiği ve alıştığı bu baskı, kendini ifade etmesini de baskılayacağı için tiroit, boğaz bölgesinde sorunlar, rahim ve yumurtalıklarında hastalıklar yaşayabilir. Bu baskıcı tutumu en fazla kendine uygular ve hayatın akışını kontrol etmek ister, bunun sonunda mide ve pankreas gibi organlarda çeşitli rahatsızlıklar yaşayabilir.

Erkek çocuğu babadan veya ailedeki bir erkekten baskı gördüyse, geleceğe ilerleyebilmek için dışarıdan baskı ihtiyacı duyar. Bu baskı genellikle devlet kurumları ve yasalardan, siyasi veya dini otoritelerden geldiğinde harekete geçebilir. Kural koyucu erkeklerle çatışmalara ve iktidar çekişmelerine sebep olur. İkili ilişkilerde baskıcı, dediğini yaptırmaya çalışan bir tutum sergiler. Çevresinde de onu eleştiren ve baskı uygulayan insanlara ihtiyaç duyar. Bedende safra kesesi ve kalın bağırsak sorunlarına neden olabilir.

Erkek çocuğu anneden veya ailedeki bir kadından baskı gördüyse, maddi konularla ilgili endişesi vardır. İş hayatındaki kişilerin ya da olayların onun üzerine baskı kurmasına ihtiyaç duyar. Kadın otoritesine olan ihtiyacından dolayı maddiyatla ya da cinsellikle ilgili ona kendini baskı altında hissettirecek bir eş ya da ortak seçer. Borçlanarak yatırım yapar. Bedende mide, pankreas rahatsızlıkları, cinsel sorunlar, alt karın ve böbrek bölgesinde yağlanma görülür.

Aile içinde taciz görmüş bireyin, bu tacizi kendi cinsi ya da karşı cinsten görmesi kendini koruyabilmek için geliştirdiği savunma mekanizmalarını etkiler. Bir çocuk aile için bir kadın tarafından fiziki ya da cinsel taciz gördüğüyse farklı alanlarda tekrar eden taciz enerjisi yaratır.

Maddi sorunlarda iflas, hırsızlıkla kayıp yaşama, hakkını alamama, bedende ağır hastalıklar ya da uzuv kayıpları yaşayabilir. Kendi cinsine veya karşı cinse öfke oluşabilir.

Karşı cinsten fiziksel ya da cinsel taciz gören kız çocuğu, geleceğine dair yoğun endişeler yaşar; devlet, okul, işyeri gibi otorite koyucularla ve sonunda kayıp yaşayacağı sorunlarla mücadele edebilir. Kendi cinsine veya karşı cinse kaşı öfke oluşabilir.

Kişinin kendini değersiz, baskı altında ve korumasız hissettiği durumlardan biri de henüz emzirilirken annesinin yeniden hamile kalmasıdır. Anne, bedenindeki kaynakların bir kısmını doğmamış çocuğuna yönlendirir. Doğumdan sonra annesini paylaşmak zorunda kalmak çocuğa kendini taciz edilmiş hissettirebilir. Bunun sonucunda kardeşler arasında bir rekabet ve çekişme meydana gelebilir. Bu da ileriki yaşlarda kardeşinin taşıdığı cinsiyetle rekabet halinde olmasına neden olur. Diyelim kendisi kız ve kardeşi de kız oldu. Küçük olan kardeş için ablası kaynaklarını onunla paylaşması gereken figürdür. Abla içinse elindekileri kız kardeşine verme zorunluluğu vardır. Ancak her ikisi de bu durumdan memnun olmazlar ama bu davranış tercihlerini değiştirmekte zorlanırlar. Büyük olanın aileden sıkça duyduğu söz, "Elindekini kardeşinle paylaş," olur.

Kardeşler arasındaki yaş farkı açıldığında bu prensip tersine çalışır. Küçük kardeş, büyük kardeşe kendini onaylatmak için elindekini verir, büyük kardeş de alır. Burada küçük olan büyük olana hamilik yapar.

***

Bir gün bir danışanım, iş yerinde sürekli kadınlarla çatışmalar yaşadığını ve sorunu çözmek istediğini söyledi. Henüz bir yaşındayken annesi, kız kardeşine hamile kalmış. Kardeşinin doğumuyla birlikte annesi bütün ilgisini küçük kardeşe vermiş, o da kendini hayli yalnız hissetmiş. Çalışmalarımızda, annesinin dikkatini çekebilmek için kardeşiyle arasında birtakım sorunlar çıkarttığını hatırladı. Öğrendiği ilgi çekme kalıbı yüzünden iş yerinde de amirinin dikkatini çekebilmek için kadın çalışanlarla sorun yaşadığını fark etti ve böylece sorununu çözdü.

Yine bir danışanım, evliliğinin iyi gitmediğini, kocasıyla sürekli kavga ettiğini söyledi. Evliliği bitirmek için destek istiyordu. Kocasının onunla ilgilenmediğini anlattı. Kendini kadın gibi hissetmediğini itiraf etti. Kocası sadık, çalışkan ve dürüst bir adamdı. Kadının evde yardımcıları vardı ve ev işi yapmak zorunda değildi. İstediği tek şey çok çalışan kocasının eve geldiğinde onunla ilgilenmesi, iltifatlar etmesi ve birlikte cemiyet hayatında aktif olmalarıydı. Ondan evde bir günlerinin nasıl geçtiğini anlatmasını istedim. "Babamız çok erken saatte kalkar," deyince, "devamına gerek yok, sorun anlaşıldı," dedim. Kocasını babasının yerine koymuştu. Bunun üzerine babasıyla ilişkisini anlatmasını istedim. "Babam, gerçekten çok ince ruhlu, kibar ve soylu bir aileden gelir. Kendisi bana çok düşkündür bir dediğimi iki etmez, birlikte çok eğleniriz. Sosyal çevresi geniş ve takdir edilen bir adamdır," diye anlatmaya başladı. Annesiyle olan ilişkisini de aynen şu şekilde dile getirdi: "Annem çok bakımlı, genç gösteren, sosyal bir kadındı. Biraz bencil, biraz da huysuzdu, babamla pek bir arada duramazlardı."

Kendini hangi ebeveynine yakın hissettiğini sorduğumdaysa, "Elbette babam," dedi. "Babam, benim hem arkadaşım hem de en büyük güvencemdir."

Danışanımın yaşadığı bu deneyim, çoğu insanın ilişkilerine yön veren prensipleri içeriyordu. Danışanım aslında annesini rol model alıyordu ama erkek modeli babasıydı. Babasının yerine herhangi bir erkeği koyamadığı için kocasına da "babamız" diye hitap ediyordu.

Konuşmanın bir yerinde, kendini yakın hissetmediği ve onaylamadığı annesinin de kocasına, "babamız" diye hitap ettiğini hatırladı. İşte o an gerçek bir uyanış anıydı. Hıçkırıklarla ağlamaya başladı. Evliliğini, içine doğduğu ailenin ortamına benzetmeye çalışması sebebiyle sonlandırmak üzere olduğunu, annesine olan itirazının aslında annesiyle bağlarını kuvvetlendirdiğini ve bunu şu ana kadar fark edemediğini itiraf etti. Durdu ve birden annesine benzeyen yönlerini saymaya başladı. Yaptığımız çalışmalardan sonra boşanmaktan vazgeçti.

Bir gün bir baba, oğlunun alkol ve uyuşturucu kullandığı şikâyetiyle geldi. Oğlunu kurtarmak istiyordu. Çaresizce elinden gelen her şeyi yaptığını, ama bir sonuç alamadığını anlattı. Ona eğer isterse oğluna değil ama kendisine yardım edebileceğimi söyledim. Israrla oğlunun yardıma ihtiyacı olduğunu, kendisinin herhangi bir talebi olmadığını söyledi. Ben de kendisine, "Susamayana zorla su verilmez, talebi olmayana yardım edilmez," dedim. Bana biraz sitem ederek gitti. Bir ay sonra tekrar geldi ve neden böyle bir durum yaşadığını, bu durumdan kurtulmak istediğini söyledi. Artık aynada kendini görmeye başlamıştı.

Ondan kendi babasıyla olan ilişkisini anlatmasını istedim. "Babam, çevresinde çok sevilen, sayılan bir sanayiciydi, çok yoğun çalıştığı için eve çok geç gelirdi. Anneme ve bana pek zaman ayırmazdı. Evde vakit geçirdiğindeyse yorgunluktan koltukta sızar kalırdı. Tek bildiği şey çalışmaktı," dedi.

"Peki, sen ne iş yapıyorsun?" diye sordum.

"Benim işim aileden kalan kira gelirlerini toplamak, bunların geliri yetiyor hatta artıyor, başka bir işe gerek kalmıyor," dedi.

"Oğlun ne yapar?" diye sorduğumdaysa, "Zeki ve çalışkan bir çocuktu, iş hayatında tanıştığı arkadaşlarına uydu, ailede alkole düşkün kimse olmadığı halde oğlum hem alkol hem uyuşturucu kullanıyor, işinden de oldu. Ona ben bakıyorum, kullandığı meretin parasını da bana ödetiyor."

"Oğlun dedesine benzer mi?"

"Hayır, hiç benzemez. Babam çok disiplinliydi. Başını işten kaldırmazdı. Bu haylaz içkiden başını kaldırmıyor"

"Yani ikisinin de başını kaldıramadığı ve kendilerini uyuşturduğu bir alan var diyebilir miyiz?"

Cevap vermedi.

Oğlunu babasıyla özdeşleştiriyordu. Bunu söylediğimde itiraz etti.

"Baban için iş, oğlun için alkol, senin için de konfor..." dedim. "Kendinizi unutup, kaybettiğiniz alanlar bunlar. Kendinizi uyuşturduğunuz yerler. Bunun adı uyuşmak..."

Bir an yerinden fırladı ve söylenerek gitti. Aradan bir iki ay geçmişti ki asistanım kendisinin randevu istediği notunu iletti bana. Yeniden buluştuğumuzda, karşımda bambaşka bir adam otuyordu. Yumuşamış, dinginleşmiş ve dinlemeye hazır bir hale gelmişti.

Babası onu baskıladığı için, o oğlunu özgür yetiştirmek istemişti aslında. Babası çok çalıştığı için kendisi hiç çalışmak istememişti. Babasını ve oğlunu yargılamaktan vazgeçtiğinde, aralarındaki sorunun çözüleceğini ifade ettim. Babasına kızmayı bıraktığında, babasına benzediğini fark etti, aynada kavga ettiği kendisiydi aslında. Kendiyle savaşını bitirdiği an oğluna karşı disiplinli davrandı ve onun uyuşturucu finansörü olmayı bıraktı, olaylar kendiliğinde yoluna girdi.

Senin aile rol modelin kim, kimlerden etkilendin, itiraz ettiğin rol modele ne kadar yakınsın? Bu soruları kendine sorduğunda ve cevaplarını samimiyetle aradığında yoluna ışık tutacak çözümlere ulaşırsın. Bu sayede, köklerinden geldiğin ailenin, sende kalan mirasın içindeki hazinelere de kavuşursun. Çünkü yaptığın seçimlerle, bazen kaçtığın, bazen aynısı olmaya çalıştığın modelleri kaynak alarak, görüp yaşadıklarını kopyalıyorsun. Oysa bu modellerin hiçbiri sen değilsin. Elbette ailenden gördüklerinle büyüdün, fakat kendi gelecek planını yapabilme hakkına sahipsin. Kolay olan eskiyi devam ettirmektir. Başta seni zorlayacak olsa da mutlu olacağın ve tekâmül edeceğin hal, özgünlüğündür. Özgünlüğün, yolunu aydınlatacaktır

***

Posta kutuma e-posta gönderen, bir takipçim YouTube videolarımı izlemiş, paylaştığım bazı bilgileri uygulamaya çalışmış ama istediği sonuca tam olarak ulaşamamıştı.

"Söylediklerinizi anlıyorum. Evet, baskıcı ve tutucu bir anneyi ve babayı ben seçtim. Şimdi ise onlara artık ihtiyacım kalmadı demek istiyorum. Ama olmuyor. Onlarla yaşamaya mecburum. Her gün bana bağıran anneyi neden seçmiş olabilirim?"

Ona verdiğim cevabın altına şöyle bir hikâye ekledim:

Adamın biri kendini mısır tanesi zannediyormuş. Tavuklar onu yiyecek diye çok korkuyor ve nerede tavuk görse koşarak kaçıyormuş. Sonunda adamı akıl hastanesine kapatmışlar. Doktorlar uzun süre ona bir mısır tanesi olmadığını, aslında insan olduğunu telkin etmişler. Bir seans sırasında doktoru ona yeniden sormuş.

"Söyle bakalım sen nesin?"

"Ben bir insanım," demiş adam.

"Ama eskiden mısır tanesi olduğunu söylüyordun!"

"O eskidendi. Şimdi biliyorum, ben insanım."

Bu görüşmeden sonra taburcu olmasına karar verilmiş. Doktor, hastasını iyileştirmenin sevinciyle adamı evine kadar götürmek istemiş. Tam eve girmek üzereyken, ortalıkta koşan tavukları görünce adam koşup bir ağaca tırmanmış. Doktor da şaşırmış tabii.

"Ne yapıyorsun? Niye tırmandın o ağaca?" diye sormuş.

"Görmüyor musun, tavuklar üzerime geliyordu. Onlardan kendimi korudum"

"Ama sen, insan olduğunu öğrenmedin mi? Hani, ben artık mısır tanesi değilim, insanım diyordun?"

"Tamam, ben mısır tanesi olmadığımı biliyorum da bakalım bunu tavuklar biliyor mu?" diye cevap vermiş adam.

Bilgiye sahip olmakla bilgiyi hayata geçirmek aynı şey değildir. Çoğu insan kitaplardan veya eğitimlerden öğrendikleriyle etrafını yani izlediği aynayı değiştirmeye çalışıyor. Oysa bu tamamen nafile bir çabadır. Öğrendiğimiz her bilgi önce bizim içindir. Ancak bizdeki tadını anlatır, soframızda bulunmayı talep edenle onu paylaşırız. Bizim öğrendiğimizle başkası değişmez, ancak biz onun direncinde kendi katılığımızı görürüz.

Seçimlerin Ne Anlatır?

Gençliğinde birkaç sene güreş yapmış olan babamın dokuz yaşımda beni elimden tutup Judo sporuyla tanıştırmasının nedenini uzun süre anlayamadım. Judoya başladıktan bir yıl sonra bu sporun benim için neden önemli olduğunu anlamaya başladım.

Birçok hocamın dahi o anda bilmediği teknik ve çalışmaları bana öğreten, kara kuşaktan 8 derece daha üst derece sayılan "8. Dan" seviyesinde hocalarla çalıştım. Ailemden öğrendiğim davranış kalıplarımın dışında başka rol modellerim de olmuştu. Hocalarım katı davranıyorlar, kurallar koyuyor ve merkezimde kalmayı öğretiyorlardı bana. Ailenin tek çocuğu ve neredeyse tek torunu olarak şımartılmış halimden eser kalmamıştı. Ustalığa yaklaştıkça eforda sadeleşiyor, dengeyi güçlendiriyorduk.

Tabii o dönemde başka Uzakdoğu sporlarına da başladım, elbette o sıralar hiçbirinin felsefesine hâkim değildim. Sadece hareket düzeyinde öğrendiklerimi büyük bir zevkle ve gururla uyguluyordum. Fakat yıllar sonra bu hareketlerin arkasında nefsini bilmek ve hayatın denge yasalarının olduğunu anlayarak öğrendim.

Öğrenme ihtiyacında olduğum şey dengeydi aslında. Başkalarına dengede durmayı, dengeli olmayı anlatırken kendim de öğreniyordum. Yaptığım spor seçimi ruh ile madde arasında denge kurabilme konusundaki eksikliğimi gösteriyordu. Daha önemlisi benimle ilgilenmediğini düşündüğüm babamın elimden tutup, beni o salona götürüp spora başlatmasıyla babamın sadece benimle olduğu ve ilgilendiğini hissetmiştim. O alanda katıldığım bütün müsabakalarda aldığım madalyalar, sonrasında diplomalar onunla kurduğum bağı güçlendirmek içindi ve hepsi onun restoranında gurur tablosu olarak sergileniyordu. Yıllarca judoyu bırakmakta neden zorlandığımı çok sonra anladım. Bırakamadığım, dışarıda benimle ilgilenmediğini düşündüğüm ve hatta suçladığım babamın elini bırakmak istemiyordum. Çünkü o herkese babalık yaparken kendi oğlunu göremeyebiliyordu. Belki bu yüzden madalyalar ve diplomalar hemen gözünün önünde duruyordu. O da benimle ilgilendiğini ve benden uzak durarak bana iyilik yaptığını düşünüyor olabilirdi. Ben babamı suçladığım için, babam ölürken annesinin karnında beş aylık olan kızım, ilerleyen yıllarda bana ayna oldu.

Şimdi sen de dön ve ilgi alanlarına bak... Tesadüfen seçtiğini düşündüğün, hatta belki zorlamayla, istemeden seçtiğini düşündüğün eğitimin, yaptığın spor, hobilerin, eğlence anlayışın, müzik sevgi ve diğer seçimlerin sana ne gibi hizmetler yapıyor?

Arkadaş seçimlerinde de bu yasalar geçerlidir. "Bana arkadaşını söyle, sana kim olduğunu söyleyeyim..." sözü de seçimlerinden kendini okumaya yönlendiren bir hatırlatmadır.

Kiminle Tamamlanıyorsun?

Annenin ve babanın birbirlerini neden seçtiklerini merak etmişsindir. Çatışma içinde, ayrılmış, küsmüş veya yıllardır görüşmüyor bile olsalar onları bir araya getiren birtakım sebepler vardı. İster görücü usulüyle ister gönüllü olsun bu birleşmenin elbette iyi günleri olduğu gibi kötü günleri de olmuştur. Belki sen ikisinden birinin tarafını tuttun, belki halen taraf tutmaya devam ediyor da olabilirsin.

Mevsim döngülerinde nasıl ki gündüzler uzadığında geceler kısalıyor, geceler uzadığında gündüzler kısalıyorsa, hayatın eril ve dişil prensiplerinde aynı sistem çalışır. Bu bir günün tamamlanması gibidir. Çok konuşan az konuşanla, titiz olan, dağınık olanla, dominant olan pasif olanla buluşur. Örneğin, iki çok konuşan bir araya geldiğinde bir taraf dinlemek için susmadığında çatışma çıkar. İki dominant bir araya gelip aynı alanlarda söz sahibi olmak istediklerinde yine çatışma yaşanır. Bir amaç, bir kader planı için tamamlanarak bir araya gelenler uyumlanmazlarsa bu bir eşlemeye dönüşür. Taraflar bir arada kalmaya devam ettiklerinde, içeriden çatışmaya, dışarıdan tamamlanmaya başlarlar.

Bir danışanım karısıyla uzun süre flört ettikten sonra evlenmişti. İyi anlaşıyorlardı ve evlendikten iki ay sonra karısı hamile kalmıştı. Karısı dört aylık hamileyken yöneticilik yapan danışanım işsiz kaldı. Birkaç ay içerisinde başka bir şehre taşınmak zorunda kaldılar. Kendisi işe başlamıştı ve karısı evde çocuk bakmak zorunda kalmıştı. Tanımadıkları bir yerde çocuğu kimseye emanet etmek istememişlerdi. Kısa zaman içerisinde gelişen, bunca değişimin yarattığı gerilim, ilişkilerine yansımıştı, uyumlu çift artık kavgasız yaşayamaz hale gelmişti. Aralarındaki huzursuzluğun artması danışanımı evden uzaklaştırdı. Hareketli bir sosyal çevre edindi. "Evliliğin bana göre olmadığını anladım ancak karımdan ayrılmak da istemiyorum," dedi bir gün. "Evliliğimi devam ettirebilmek için kendimi rahat ettirmeye karar verdim. Dışarıda kurduğum düzen, evliliğin ağır sorumluluğuna katlanabilmem için bana destek veriyor."

Böylece evdeki kavgalara ara verildi. Karısı sıklıkla ailesinin yanına gidiyordu. Danışanım da her fırsatta dışarıda oluyordu.

"Karımın seyahatleri bize iyi geliyor" diyordu. "Bir dediğini iki etmiyordum, ancak ne yaparsam yapayım biz artık karı koca olamıyoruz. Onu sadece oğlumun annesi olarak görmeye başladım. Ta ki karım çalışma hayatına geri dönmeye karar verene kadar. Bu karar benim de hoşuma gitmişti, artık daha özgür olabilirdim. O dönem dışarıda yaşadığım bir ilişkim de vardı. Karım güçlendiği takdirde evliliği sonlandırabilirdik. Kısa süre içinde kariyerinde hızla yükselmeye, görüntüsüyle ve başarısıyla dikkat çekmeye başladı. Onun bu hali bende de kıskançlık yarattı. Bana karşı o derece ilgisizdi ki onun hayatında birisi olduğunu düşünmeye başladım. Sosyal çevresi, imajı ve kazancıyla beni geçmişti. Ona karşı hissettiğim kıskançlığım, beni görmezden gelmesi kızgınlığımı körükledi. İstemeden de olsa ona şiddet uyguladım. Boşanmak istediğini söyledi. Adeta dünyam başıma yıkıldı, ben çekip gidebilecekken, onu ve oğlumuzu sahiplenip gitmedim ve evliliğimize sahip çıktım. O bana böyle davrandıkça asabiyetim nedeniyle işimden de oldum. Şimdi bir yıldır işsizim ve karım benim durumuma acıdığı için boşanmaktan vazgeçti. Bana bir pislik gibi davranıyor. Oğlum olmasa bir dakika dahi durmam, dışarıda yemediği halt kalmadığından eminim, ama ne yapayım ki çocuğumun annesi."

Açıkçası sıkça karşılaştığım evlilik hikâyelerine benzemiyordu. Ona hikâyesini yazmasını söyledim. Eline bir kâğıt, kalem vererek odadan çıktım. Geri döndüğümde hüngür hüngür ağlıyordu, olan biteni görmeye başlamış, aynanın pusu silinmiş ve küçük gördüğü, aşağıladığı karısıyla bir takas yaptıklarını fark etmişti. Bazen konuyu başkalarına anlatırken kulaklarımızı kendimize kapatabiliriz, ancak kendimizle konuşurken kulaklarımız daha hassas olur. Danışanımın da yaşadığı bu yüzleşmenin içinde bir müddet yalnız kalmaya ihtiyacı vardı.

Bu çiftin bir araya gelmesindeki tamamlayıcı etken çocuklarıydı. Çocuk, anne karnına düştükten sonra kadersel olaylar gelişmeye başlamış, karı koca arasında bir itişme baş göstermişti. İkisi de farklı dönemlerde çocuğu bahane ederek, evliliği sürdürme gayretine girdiler ve aralarındaki çatışma büyüdü. Bu çatışmalarla her ikisi de kendilerini dışarıdan tamamlayacak unsurlarla buluştular. Onlar için bu evlilik eziyete dönüşmesine rağmen inatla sürdürmeye devam ettiler.

Bir müddet sonra danışanım tekrar ziyaretime geldi. Yüzü canlanmıştı, gözleri ışıl ışıldı. Bir işe girip, kendisine yeni bir hayat kurmuştu. Eşinden ayrıldıktan sonra birbirlerine zulmetmeyi bırakmışlardı, iki arkadaş gibi çocuklarını ayrı evlerde mutlu bir şekilde büyütüyorlardı.

İkisi de kendi işlerini yaparlarken mutluydular. Bu alanda yaşadıkları takdir ve onaylanmayla besleniyorlardı. Bir araya gelmeden önce ikisi de başarılı bir kariyere ve güçlü bir sosyal çevreye sahipti, evlilikte yaşadıkları gerginliği sonlandırınca, işlerinde ve sosyal hayatlarında yeniden mutlu oldular. Çünkü ikisinin de kendilerini tamamlanmış hissettikleri alan kariyerleriydi.

Mutsuzluğunun kaynağı, dışarısının yönlendirmeleriyle yaptığın seçimler olabilir. Bu hali sonlandırmak için kalbinin sesine kulak ver, hesap yaptığın yerler baskı görmekten korkup geri çekildiğin alanlar olabilir. Cesaret, kendine yolculuğunda ilerlemeni kolaylaştırır.

Şu ana kadar buluştuğun ilişkilerinde, karşındakini, seni hangi özelliğiyle tamamlaması için hayatına davet ettiğine bir kez daha bak. Karşında seyrettiğin, sende bazen eksik ya da fazla olanı anlatıyor olabilir.

Bir erkek için karısı ya da yakın kadın yansımaları, onun maddi ve ekonomik tarafını temsil eder. Onunla olan ilişkisi, parayla, dünyayla, kendi bedeni ve sağlığıyla olan ilişkisini de anlatır. Karısına ya da yakın kadın yansımalarına nasıl davranıyorsa, hayatın içinde diğer insanlara ve maddi konulara yaklaşımı aynı paralelliktedir. Bir erkek, bir kadını herhangi bir alanda kandırıyor, yalan söylüyorsa kendisi de bir yerde kandırılıyordur. Bir erkeğin zengin olup olamayacağını ya da zenginliğe devam edip edemeyeceğini onun dişi enerjiyle olan ilişkisi belirler.

Bir kadın için kocası ya da yakın erkek yansımaları, onun ruhsal tarafını ve içsel ilhamlarla olan ilişkisini temsil eder. Onunla olan ilişki manevi âlemden nasıl beslendiğini, geleceği hakkında vereceği kararlarda iç görülerine ve ilhamlarına olan güvenini anlatır. Kocasını ya da yakın erkek yansımalarını dinlemeyen, arkasından konuşan, içsel ya da sesli şikâyet eden, küçük gören, yaklaşımlarında samimi olmayan kadınlar kendi ruhsal dünyalarıyla ilgili sıkıntı içindedirler ve iç huzursuzluklarının sebebi budur.

Davranışlarından Kendini Oku

Hayat içerisinde sergilediğimiz davranışlar ve tutumlar, yine bizim potansiyelimizde olanın dışarıya yansımasıyla ilgilidir.

Mesela yüksek sesle ya da bağırarak konuşanlar, kendilerini ve çevrelerini az dinliyordur. Ona söyleneni doğru zamanda duymaz, ihtiyacı olan bir hatırlatmayı zamanında alamaz. Ona söylenmiş olanların söylenmediğini iddia ederek çevresini suçlar. Oysa o bilgi ona söylenmiştir, kendisi dinler gibi yapmış ancak dinlememiştir. Çünkü o kendine ve kalbine, kulaklarını kapatmıştır. Böbrek ve mesane sorunları yaşayabilirler. İhtiyaç duydukları tek şey susup dinlemektir. Konuşma orucu yapmak faydalı olacaktır.

Herhangi bir konuda sürekli şikâyet içinde olanlar, "Ben değil, onlar yaptı, ben özür dilemem o dilesin," der. Esneyemezler ve kabulde zorlanırlar. Olaylar kendi istedikleri yönde ilerlemediğinde ve sonuçları kontrol edemediklerinde isyan ederler. Bu yaklaşımları yüzünden sıklıkla beden kazalarıyla buluşurlar. Safra kesesi, kemik ve mide sorunları olur. İhtiyaç duydukları kabul enerjisine meditasyon yaparak, ibadet ederek ve gün doğmadan kalkıp iç seslerini dinleyerek ulaşabilirler.

İnsanların çoğunlukla gerçek kimliklerini kendilerinden bile gizleyebileceklerini hatırla. Hakkında iyi fikir sahibi olduğunu düşündüğün insanlarla ilgili yanıldığın olmuştur muhakkak. Karşındakinin olumsuzluklarını görmezden geldiğinde, iç görünü kapatırsın. Kibar bulduğun insanı başkasına kabalaşırken gördüğün halde bunu görmezden gelmeye devam edersen, aynı kabalığa sen de maruz kalırsın.

Kulak verdiğin sürece, iç görün sana her zaman rehberdir. Gördüğünü okuyabildiğinde, ötesini de okursun.

Yabancı ortamlara girerken kendilerini gergin, utangaç ve çekingen hissedenler ebeveynlerinden biri tarafından ihmal edilmiş, ilgilenilmemiş ya da baskı görmüştür. Bu nedenle baskı altında kalmaya alışmıştırlar. Tanıdık çevrede rahat hissederler, yabancı bir yerde çekingendirler ve durum değişikleri onlar için korkutucudur. Çünkü baskıcı ebeveyn ona sürekli ne yapacağını söylemiştir. Ne yapacağını bildiği ve öğrendiği ortamlarda rahat eder. İlişkilerde zor bırakan taraf olabilirler; değersizlik hissini iyileştirmek için çevrelerinden onay ararlar; bakış açılarını değiştirirken zorlanabilirler. Bir işi tamamlamak için son ana bırakarak baskı görmeye ihtiyaç duyarlar. Kalın bağırsakları, ciltleri, akciğerleri ve karaciğerleri hassas olur. Özgürleşmek ve yeniye adım atmak onlara güven verir.

Tehditkâr, her an fiziksel ya da sözlü saldırıya meyilli kişiler, temelde çevrelerindeki insanlardan destek arayışı içindedirler. Aradığı desteği bulduğunda, sevgiyle kucaklandığında ve kendisini tehdit altında hissetmeyi bıraktığında kendi de tehdit etmeyi bırakır. Bedende böbrek, kulak, mesane, karaciğer ve cinsel hormonlarla ilgili sorunlar yaşamaya meyilli olurlar. Çocuklara, yaşlılara, hayvanlara yardım eden kuruluşlara destek olmak onlara çok iyi gelecektir.

Geçmişte yaşadığı, unutmak istediği, hatırladığında rahatsızlık duyduğu veya suçlu hissettiği anısı olanlar, temizlik ve hijyen konusunda aşırıya giderler. Dışarısı onlar için kirlidir, sürekli temizlemek isterler. Oysa temizlemek istedikleri şey yaşadıklarının izidir. Aynı tutumu ikili ilişkilerinde de gösterirler, eleştirel ve müdahaleci olurlar. Özellikle cilt ve safra kesesiyle ilgili sorunlar yaşayabilirler. İhtiyaçları olan şey, yanlış yapıldı duygusunu bırakmak ve hayatın bir deneyim olduğunu kabul etmektir.

Zor bırakan, biriktiren, zor harcayan, tutumlulukları cimriliğe varan kişilerin geleceğe güvenleri azdır. Bırakamadıkları için yeniyi almakta zorlanırlar. "Ben biliyorum" kalıpları vardır. Bir alanda cimri olanların başka bir alanda müsriflikleri olur. Bunun tam tersi, saçarcasına harcayan insanların da bir alanda, tuttukları, bırakamadıkları bir cimrilikleri vardır.

Şimdi sen hayatına dön ve bak! Nerede zor veriyor ve nerede saçıyorsun? Çok verdiğin yerler varsa, bir yerlerde veremediklerin vardır. Hayatın denge prensibi gereği nerede aşırıya gidiyorsan, onun tersi istikametinde bir aşırılık oluşur. Saçtığın yerler varsa, bırakamadıkların da vardır.

İnandıkların Gerçek Olur

İnançlarına ve inanç kalıplarına bakarak kimin ne yaşayabileceğini okumak mümkün... Mesela bir kara kedi gördüğünde başına kötü şeyler geleceğine inananların, inançları gerçekleşir.

Bir danışanım, çok küçük yaşta annesinin ve babasının öldüğünü ve onu evlatlık alan ailesini de çok sevdiğini anlattı. İkinci ailesi de ölünce yaşadığı yalnızlık duygusuyla erken yaşta evlenmiş. Âşık olduğu karısı bir süre sonra onu terk etmiş. Yıllar içerisinde tam evlenmek üzereyken yine birkaç defa terk edilmiş. Bu terk edilişler onu hayata karşı güvensiz hissettirmeye başlamış ve sevilmediğine inanmış.

Ona tekrarlayan olayların kökenini gösterdiğimde, nasıl bir inanç kalıbına sahip olduğunu gördü. Bildiği ve inandığı şeyler hayatında sürekli tekrar ediyordu. Onun için gerçeklik buydu.

İlk ailesini kaybettiğinde hayat onu kucaklamıştı, ona yeni bir aile vermiş ve yeni ailesi de onu sevgiyle bağrına basmıştı. Büyüyüp yetişkin olana kadar sevilmiş, ihtiyaçları giderilmiş, korunup, kollanmıştı. Ne var ki yaşadıkları içinde sadece kayıplarına odaklanmış ve inanç kalıbı "kaybetmek" olmuştu. Oysa ona kucak açan aile onu severek, himaye ederek, iyi bir eğitimle büyütmüştü. Ona güzel yaşam olanakları sunmuş, kaybettikleriyle edindiği tedirginliğin yerine güven vermişti. Kendi de yeni ailesine çocuk sevgisi ve neşe getirmişti.

Danışanım hayatla olan alışverişini göremediği için tek taraflı bir bakış açısıyla sadece kaybetmeye odaklanmıştı. Kendini terk edilmiş, sevilmeye layık olmayan, değersiz birisi gibi görüyordu. Yeni ailesi tarafından ne kadar sevilip, değer gördüğünü hatırladığında, yaşadığı kayıptan kaynaklanan değersizlik hissi yerine sevildiğine olan inancı yerleşti. Böylece değerini bilen insanlarla buluşacağı yeni bir dönem başladı.

Yaşadıklarını farklı bir açıyla izlediğinde deneyimlediğin her şeyin inançlarından kaynaklandığını görürsün. Olayları, kendi merkezinden okumaya başladığında eski inançların yerini yeni anlayışlara bırakır. Böylece özgürlüğe yelken açacaksın.

Ailesinde, çevresinde ve hayatında gördüklerini çoğaltmayı, taklit etmeyi ve tekrarlamayı kabul edenler, atalarının gerçekliklerinde yaşamayı seçerler. Ta ki kendi yollarını bulana kadar.

Sorunları Görmekten Sorumluluk Hissetmeye Geç

Kendine sorun ettiğin olaylar ve konular, tekâmül yolculuğunda, yoluna koyduğun engellerin göstergesidir. Ben, ben diyerek bencilleşenler sadece kendi çıkarlarına odaklanır ve dar bir sorumluluk alanı içine kendilerini hapsederler. Bu tip insanlar için kendi çıkarına dokunan her ne varsa sorundur. Bu yüzden de sürekli tedirgin ve gergindirler. Asıl sorun, kendi sorumluluklarını almayıp, kişisel alanlarını belirleyememeleridir. Her işe karışırlar, dedikodu yaparlar, sorun odaklı olurlar. Yerdeki çöple değil, çöpü yere atanla sorunları vardır. Çözüm değil sorun odaklı yaşarlar.

Çözüm odaklılar ise, ben ve biz için katkı sağlamaya odaklıdırlar. "Ben ve biz için ne yapabilirim?" diye sorarlar.

Sorun odaklılar, "Sen benim dediğimi yaptığında ben daha iyi hissederim," der. Sorun odaklı olmaktan, çözüm odaklı olmaya geçtikçe hem kendin hem de içinde bulunduğun dünya için sorumlulukların başlar. İnsan kendi sorumluluğunu ne ölçüde alabiliyorsa çevresine karşı da o ölçüde sorumluluk hisseder. Bu nedenle kendini bilip okudukça sorumluluk alanı da genişler.

Bizler bir ağacın meyveleri olarak bir oluşun içindeyizdir. Bize sunulanlar ve yaşadıklarımız farklı da olsa, kimimiz ileride kimimiz geride gibi görünse de hepimizin arayışı huzurdur.

Bugüne kadar arkada olduğu için güneşten beslenemeyip küçük kalan bir meyvenin güneşin ona ulaşan ışınlarıyla pişerek olgunlaşmaya başlaması gibi bize de her an aradığımız fırsatlar sunulabilir. Yeter ki kucaklayıp almayı talep edelim ve hazır olalım.

Sorunların arasında boğulduğunda, cevaplarına ulaşamadığında ve kaybolduğunu düşündüğünde içindeki pusulayı aç ve kucaklanacağından emin ol. Işığa tapmayı bırakıp, karanlıpa sapmaktan sakınarak, alış ya da verişin tarafı olmadan, ama her ikisinde de bulunarak olanı kabul ettiğinde kalbinin rehberliğinde huzura yerleşirsin. Işığa taptığın kadar karanlığa sapma potansiyelin var. Her ikisini de kucaklayabildiğinde dengedesin.

Huzurda ve huzurunda olup aynaya yansıyanla buluştuğun an cennettesindir.